Sonya
ソーニャ文庫

余命わずかの死に戻り聖女は、騎士の執愛をやめさせたい

葉月エリカ

イースト・プレス

contents

プロローグ

——あぁ、視界が欠けていく。

泣いて、笑って、夢中で見入った芝居の終幕。舞台の上から緞帳《どんちょう》がゆるゆると降りてくるように。

蝶《ちょう》の形に似た天井の染みも、聖典の並べられた本棚も、百通を超える手紙を認《したた》めた机も、霞《かす》みがかって見えなくなってしまう。

神殿に引き取られた六歳のときから十二年間を過ごした部屋には、死にゆく人間特有の臭気が漂っていた。

炎症を起こした肺が、はぁっ——……と儚い息を絞り出す。

まだ終わってほしくない。

まだ終わりにしたくない。

（だって……死んだら、リュークとの約束が果たせない……）

横たわった状態から腕を伸ばし、空を掻いた指先は、大きな手にそっと包まれた。

「――サリエ」

耳を打つのは、かすれた青年の声。

神殿に暮らす聖女とその騎士として過ごした日々の中、彼には幾度となく名を呼ばれてきたが、こんなにも悲痛な声を聞くのは初めてだった。

――いや、違う。正確にはもっと昔。

初めて出会った子供の頃、彼が実の母を亡くす瞬間に、サリエは立ち会っていた。

そのときにも彼は、今と同じような声で母親を呼んだ。

それがあまりに悲しそうで、なんとかしてあげたくて――けれど、あの日の自分にできることは限られていて。

あんな喪失体験は二度としてほしくないと思ったのに、今度は自分が彼を残して先に逝《い》くことになるなんて。

「リューク……っ……」

干からびた喉に力を込めると、激しい咳《せき》が誘発された。

口元に水差しをあてがわれるが、眼差《まなざ》しだけで拒む。

食事どころか水を飲む体力すら残っていない今、残された時間で彼に伝えなければ。

「ごめ……ね……」

「なんですか？」

枕元に座ったリュークが、サリエの口元に耳を寄せた。

そうしなければ聞こえないくらいの声しか、もはや出せないのだ。

「ごめん、ね……リュークと結婚、できなくて……」

避けられない運命を告げられ、リュークが息を呑んだ。

彼とサリエはひそかに将来を誓っていた。

還俗《げんぞく》前の聖女の恋愛は固く禁止されているから、まだ唇すら交わしたこともないけれど。

「ね……幸せに、なってね……」

繋《つな》いだ指先から、どうか伝わってほしいと願う。

「私が死んでも……リュークは優しいし、かっこいいから……きっと、他の誰かと……」

綺麗《きれい》ごとじゃない。偽善でもない。

人よりも過酷な生い立ちを背負う彼には、必ず幸せになってほしい。亡くした恋人に操《みさお》を立てて、一人ぼっちでいる義理などないのだ。

――けれど。

「嫌です」

リュークの答えは簡潔だった。

「俺に生きる理由をくれたのはサリエです。神殿騎士になって、恩人のあなたに再び会うことだけを目標に、俺は地獄みたいなあの家で生き延びたのに」

「わかってる……でも、……っ——！」

さっき以上に激しい咳の発作が来た。

ごほごほと咳き込むと肋骨《ろっこつ》が軋み、喉が締めつけられるように苦しくなった。

熱い塊が気道をせり上がり、ごぼっと嫌な音がしたと思ったら、寝間着の胸元が吐かれた血で赤く染まる。

「あ……ぁ……」

耳孔《じこう》の奥で耳鳴りがして、体温が一気に低下した。

サリエは途端に怖くなった。

終わる——本当に、今度こそもう終わる。

覚悟はできていたつもりだし、ほんの一瞬前までは、残されるリュークの幸せを願っていたのに。その気持ちは嘘《うそ》ではないのに。

死の恐怖に抗えず、土壇場《どたんば》での運命を受け入れられないのは、心弱い人間の性《さが》なのか。

「いや……こわい……いや……」

「大丈夫。——大丈夫です」

狼狽《ろうばい》するサリエを、リュークは覆いかぶさるようにして抱きしめた。

来《きた》るべき時が来たと悟ったのか、不思議に透明な笑みを浮かべ、死にゆくサリエの耳元で囁く。

「あなたを一人では逝かせません」

赤く濡れたサリエの唇に何かが触れる。

それがリュークの唇だとわかったのと、弱った心臓が鼓動を止めたのは同時だった。

最後に押し出された血液が脳に酸素を運ぶまでの間に、リュークが手にした「何か」が視界に映る。

いつの間に用意していたのだろう。それは鞘《さや》のない懐剣だった。

鉄の味のするキスをしながら、彼の手は迷いなく動いた。自身の頸動脈《けいどうみゃく》を搔き切った瞬間、勢いよく噴き出す血が壁にも天井にも飛び散った。

瞳を見開いたままのサリエに、リュークの体が折り重なって動かなくなる。

（なんてことを……！）

叫びは声にならず、思考にもならなかった。

ただの物質と化した肉体を置いて、闇の中で魂だけが叫んでいた。

こんなことはあってはいけない。

こんな結末など望んでいない。

間違ってしまった自分たちは、どこかの時点からや、り、直、さ、な、け、れ、ば。

（女神ラージュリナよ……――どうか）

全身全霊でサリエは祈った。

創世の女神であり、自分を聖女たらしめる力を宿してくれた、唯一絶対の存在に。

（私の命は差し上げます。ですから、どうかこの人を――リュークだけは死なせないですむよう、私に彼を――）

◆◆◆

「救わせてください、お願いです……――！」

自分の大声に、サリエは驚いて目を開けた。

灰色の壁と寝具の白ばかりの空間で、消毒薬の匂いがつんと鼻をついた。

（え……ここって……）

周囲を見回すうちに、痩《や》せ細った少女と目が合ってどきりとする。

「どうしたの、聖女様？」
六、七歳ほどだろうか。極端に顔色の悪い少女が寝台に横たわり、サリエを不安そうに見上げていた。
寝台の向こうでは、少女の両親らしき男女が顔を見合わせている。娘によく似た女性のほうが、サリエにおずおずと尋ねた。

「この子の病気はそんなにも悪いんですか？　そんなに大きな声で、女神様にお祈りしなきゃいけないくらいに？」

「あ……いえ、ごめんなさい。ちょっと気合いが入りすぎちゃって」

慌てて誤魔化し、安心させるようにサリエは笑った。

その一方で、脳は状況を整理しようと目まぐるしく動いていた。

（ここは病院……よね？　この国の王立病院で、今までに何度も訪れてて……）

そうだ。間違いない。そのはずだ。

そしてこの少女は、サリエのことを「聖女様」と呼んだ。

ならば自分は、ユーレクシア王国の神殿に籍を置くサリエ・ファルスだ。癒《いや》しの力を持つ聖女として神殿から派遣され、病気の人々を治療する奉仕活動に励んでいる。

（どういうこと？　さっき死んだと思ったのは夢？　だけど、ただの夢にしては感覚が生々しすぎた……）

夢の中のサリエは原因不明の奇病に冒《おか》されていた。

常に高熱にうかされ、呼吸が苦しくてたびたび血を吐き、最後は全身の筋力が落ちて、介助なしでは用も足せなかった。

癒しの力は自身には効かず、感染する病かもしれないからと自室に隔離されて、発病からほんのふた月足らずで死んだ。

医者にも見捨てられたサリエを看病してくれたのは、護衛の騎士であるリュークだけだ。

その彼もサリエの死を見届けると同時に自害し、後を追った。

サリエの享年《きょうねん》は十八歳。リュークは二十一歳という若さだった。

全身に浴びた血の匂いも、生ぬるさも、事切れた体の重みも覚えているのに——あれが、すべてただの夢？

（夢なら夢だったほうがいいに決まってるけど——とにかく私の仕事は、目の前のこの子を治すことだわ）

少女の腹部に触れて、サリエは意識を集中させた。

目を細めて見ると、担当医曰《いわ》く、潰瘍《かいよう》がある胃と腸のあたりで黒い靄《もや》が渦巻いていた。

少女を蝕《むしば》む病の原因で、サリエは「病素《びょうそ》」と呼んでいるものだ。

これを消してしまうことで、患者は健康を取り戻す。

（痛みよ、消えて。よくなって……——！）

患部に触れて祈った瞬間、掌《てのひら》がじわりと温かくなる。

サリエの手からきらめく光の粒子が溢れ、少女の腹部に吸い込まれていった。

その光景は他の人間にも見えるが、黒い靄が消失する様はサリエの目にしか映らない。

それでも、患者当人にはもちろん変化がわかる。

「痛く、ない……もうお腹、痛くないよ……」

信じられないように呟く少女を、両親が歓声をあげて抱きしめた。

「本当？　本当なのね!?」

「よかったなぁ、これでやっと家に帰れるなぁ……！」

泣いて喜ぶ家族の姿に、サリエは安堵した。

同時に、こめかみの奥に突き刺さるような頭痛を覚える。

この少女の他にも、今日は五人の患者を癒した。どれもこのままでは命が危うい、重症の者ばかりだった。

聖女の力は便利だが、無尽蔵には使えない。今日のところはこれで打ち止めだ。

「聖女様」

頭を下げて部屋を出ようとすると、少女の父親に呼び止められた。無骨な労働者らしく、継ぎの当たった上着には機械油が染みついていた。

「本当にありがとうございます。手術をすれば治るかもと言われていたんですが、手術費は高額でとても用意できなくて……あの、せめて神殿に寄進を」

「気にしないでください。そこはお気持ちだけで」

上着のポケットから掻き集めた紙幣や小銭を差し出され、サリエは首を横に振った。

「だけど、神殿は同じ病人でも、金持ちばかり治したがるって噂じゃないですか。そっちからの寄進は大金だし、いくら聖女様でも霞を食って生きるわけにはいかないからって」

事実を指摘され、サリエは言葉に詰まった。

そもそも聖女とは、創世の女神ラージュリナの魔力を授けられた存在のことだ。

病人を癒し、天候を操り、植物を育てたり獣と話したりできる彼女たちは、魔力が顕現《けんげん》すると各国の神殿に身を寄せ、能力を高める修行を経たのち、必要に応じた場所に派遣される。女神からの恩寵は、持たざる人々にも還元されるべきだという博愛精神のもとに。

しかしそれは建前で、ユーレクシア王国の神殿長が拝金主義気味であることは否めない。

癒しの力を持つ聖女はとても少ないのに、寄進額の多い貴族から優先して癒すようにと命じている。

その風潮を不満に思う人々は多く、この父親もその一人なのだろう。

「なのにあなたは分け隔てなく、うちの娘も治してくださった。業突《ごうつ》く張りの神殿長に『命の重さは平等だ』って正面からやり合ったサリエ様は、俺たち庶民の希望です。だからどうか、この金は受け取ってください。手ぶらで帰ったら、サリエ様だってさすがに肩身が狭いでしょう？」

父親の訴えにサリエは当惑した。

神殿長とのやりとりがどこから洩《も》れたのか、やたらに持ち上げられることもだが――それ以上に。

(私、この会話を知ってる……かも)

違和感を覚え続けていたのはそのせいだ。

あの夢の中でも、病に倒れる前の自分は奉仕活動をしていた。この少女にも父親にも会ったことがあるし、お金を受け取る受け取らないの押し問答もした。

だとすれば、このあとは——。


「でしたら、これだけいただいておきましょう」


サリエの後ろから腕が伸び、父親の手から硬貨を一枚だけ摘み上げた。

背後を振り仰ぎ、サリエは息を呑んだ。

(リューク——……!)

そこにいたのは、夢の中で死んだサリエの恋人だった。

病室の外で控えていたはずだが、治療が終わったので入ってきたのだろう。

一見して目立つところのない黒髪に、黒い瞳。

だが、平均的な男性よりも頭ひとつ抜きんでた長身が、集団に埋没することを許さない。

端整だが隙のない容貌《ようぼう》は、どことなく硬質な鉱物を思わせる。

たくましい体躯《たいく》を包む制服もまた黒で、腰に佩《は》いた剣の柄には、翼を広げた鷲《わし》の紋章が施されていた。

ラージュリナの守護聖獣である鷲の意匠は、女神の力を継いだ聖女に仕える神殿騎士の証だった。

（リュークが生きてる……生きて、喋《しゃべ》ってる……）

やはり、あれは悪い夢。ぼうっとしている隙に見た白昼夢のようなものだったのだ。

食い入るような凝視に、リュークがこちらを見た。

視線が交わった瞬間、彼は大きく息を呑み、

『……サリエ？』

と口の動きだけで呟いた。

違和感を覚える反応だったが、それも当然だと思い直す。

リュークが生きていた安堵に、サリエの目は潤んでいた。泣き出しそうになっている恋人を心配するのは普通のことだ。

「気にしないで。目にゴミが入ったみたい」

なんでもないのだと伝えたくて、サリエは小声で囁いた。

しばらくサリエを見つめたリュークは、次に周囲を見回し、最後に自分の掌に目を落とした。

手相見のような真剣な表情になったのち、その手をぐっと握りしめ、何事もなかったよ

うにサリエに話しかける。

「帰りましょう。あまり遅くなると、神殿長にまた厭味《いやみ》を言われてしまいます」

サリエは頷《うなず》き、リュークとともに病室を出た。

病院の廊下は窓ごしの夕日が差し込み、茜色《あかねいろ》に染まっていた。

すれ違う白衣の看護師たちが、足を止めて挨拶してくれる。この病院には週に何度も通っているから、とっくに顔見知りだった。

「こんにちは、サリエ様。今日もいらしてくださっていたんですね」

「本当に助かります。私たちじゃ手の施しようのない患者さんでも、聖女様にかかればあっという間に治っちゃうんですから」

「それに、ええと、リュークさん……じゃなくて、騎士様もお疲れ様です……！」

サリエを労《ねぎら》う看護師がいる一方で、リュークの気を引きたそうにそわそわしている若い娘もいる。

向けられる好意を知ってか知らでか、当の本人は慇懃《いんぎん》な会釈を返すだけだった。

リュークの横顔を見上げながら、サリエの心にはまた疑念が生まれた。

（待って……やっぱり、何かおかしいかも……）

病院の正面には、例の鷲の紋章が施された馬車が停まっていた。

リュークの手を借りて乗り込み、動き出した馬車の中で、サリエは恐る恐る尋ねた。

「ねぇリューク、気づいてた？　あの看護師さん、リュークともっと話したそうだったわ」

「焼きもちですか？」

向かいに座るリュークに切り返され、サリエはどきりとした。

妬《や》いてもらえたことが嬉しいのか、口元を綻ばせた彼の表情に魅入られたから――だけではなくて。

「心配しなくても、あなた以外の誰かに興味を移したりしませんせん」

黒曜石《こくようせき》の断面に似て艶《つや》めく瞳には、サリエ自身の姿が映り込んでいた。

波打つ銀髪に縁《ふち》どられた、小作りな輪郭。

落ち着きなく瞬きする両目は、雲ひとつない空の色だ。やや垂れ目気味であることも相まって、十八歳という実年齢よりも幼い印象を抱かせる。

胸の下で切り替えのあるゆったりとした白いドレスは、質素倹約を旨《むね》とする聖女たちのお仕着せで、洒落《しゃれ》っ気とはほど遠い。

これまでのサリエなら、こうしてリュークに見つめられるたび、もうちょっと美人に生まれたかったと思うのが常だった。

けれど今は、彼が次に何を言うのかと身構えてしまう。

「そういえば、あの看護師には以前も話しかけられたことがありました」

記憶を辿るように、リュークは宙を見つめた。

「ここ数年、あの病院では妙なことが起こるそうです。盲腸の患者が麻疹《はしか》にかかるとか、骨折した患者が肺炎を発症するとか――回復期の患者に、ある日まったく違う症状が現れることが続くと。ひどい場合は、神殿に要請が行くより先に亡くなることもあるとか」

「そうなの？　そんな話、病院長からは聞いてないんだけど……」

声がかすれないようにするのが精一杯だった。

病室を出てからのやりとりにも、サリエにはすべて覚えがあったのだ。そんな偶然が何度も重なることなどありえない。

さきほどから続く混乱の中、サリエは確信した。

今の自分は、二カ月前に起きた出来事を繰り返している。――あるいは。

(リュークと一緒に死んだのは現実で、そこから二カ月分、時間が巻き戻った――？)

思い至った瞬間、くらりと眩暈《めまい》がした。

女神の魔力を受け継いだ身でも、そんな不思議な体験をしたことはない。神殿に暮らす聖女たちの中にも、時を遡《さかのぼ》る力を持つ者などいないはずだ。

だが、もしも本当にそんなことが起きたなら。

（今度こそリュークを助けられる？　私の後を追って死なないように、未来を変えられる？　……ううん、きっと変えてみせる）

サリエは意を決し、ひそかに唇を嚙《か》んだ。

目の前に座るリュークを見つめていると、これまでの思い出が胸に溢れてくる。

——すべての始まりは十二年前。

あのときのサリエは聖女ではなく、リュークもまだ騎士ではなかった。

1　初めての出会いと再会

その日、サリエは両親とともに、オルスレイ侯爵夫妻が主催するガーデンパーティーに招かれていた。

オルスレイ侯爵家といえば、三代前には王妃を輩出したこともある高貴な家柄で、その屋敷はちょっとした城のように壮麗だ。

広大な庭には、派手な飛沫《しぶき》を上げる噴水が設《しつら》えられており、初夏の陽気の中、招待客たちの目を涼ませている。

白いクロスのかかったテーブルには、ショコラやタルトなどの甘い菓子類と、キッシュやサンドウィッチといったセイボリーが並び、給仕役の使用人がシャンパングラスを配り回っていた。

芝生《しばふ》の上では若者たちがクリケットで勝敗を競い、日焼けを厭《いと》う貴婦人たちは天幕の下でお喋りに花を咲かせている。

その傍らでは、サリエと歳《とし》の近い子供たちが顔を突き合わせてボードゲームに興じていた。それがとても面白そうで、サリエはうずうずして母親の袖を引いた。

「お母様。私もあの子たちとゲームをしてもいい？」

「いいけど、先にオルスレイ侯爵にご挨拶をしてからよ」

日傘を差した母がおっとりと答え、

「そうとも。うちの可愛い末娘を自慢する絶好の機会だからな」

フロックコート姿の父が、サリエの頭をくしゃくしゃと撫《な》でた。

サリエが生まれたのは、両親であるファルス伯爵夫妻が、ともに四十歳を過ぎてからのことだった。上には歳の離れた兄と姉が一人ずついるが、思いがけず授かった最後の子だということで、とても大切にされていた。

この日のために両親が仕立ててくれたのは、サリエの瞳と同じ空色のドレスだった。光沢のある布地には薄く透けるシフォン素材が重ねられ、銀糸《ぎんし》の花刺繡《ししゅう》が施されている。パニエを仕込んだスカートはふわりと広がり、腰の後ろには風になびくリボンが結ばれていた。

ゆるく波打つ銀髪にはコサージュの付いたカチューシャも飾られ、六歳になったばかりのサリエをことのほか愛らしく見せていた。

「ごきげんよう、初めまして。サリエ・ファルスと申します」

両親に手を引かれ、この場の主《あるじ》夫妻に引き合わされたサリエは、礼儀作法の教師に教えられたとおりにスカートを持ち上げて頭《こうべ》を垂れた。

「おお、なんともしっかりしたお嬢さんだ」

「本当に可愛らしいこと。うちのアイザックのお嫁さんになってほしいくらいだわ」

ははは、ふふふ、と笑う侯爵夫妻は、サリエの両親よりもひと回りは若そうだった。

でっぷりしたお腹のオルスレイ侯爵は狸《たぬき》に似ていて、痩せて目の吊り上がった夫人は狐《きつね》に似ている。二人とも笑顔ではあるのだが、どことなく値踏みされているように感じて、サリエは落ち着かなかった。

夫妻のそばには、退屈そうにあくびを噛み殺す少年がいた。

十歳かそこらだろうか。父親に似て丸っこい体型をした彼は、『お嫁さんに』という母親の言葉に初めてこっちを見た。

サリエが会釈すると、アイザックと呼ばれた少年は、

「は？　小便臭ぇガキじゃん」

と悪態をついた。

それを聞いた父のこめかみに青筋が浮いたのを、サリエは見逃さなかった。

普段は温厚な父だが、親馬鹿モードの彼を怒らせると恐ろしい。生まれて間もないサリエを見て、

『やっぱり赤ん坊ってのは猿《さる》に似てるな』

とからかった友人に、

『この可愛さがわからんとは、お前の美意識こそ猿以下だ！』

と手袋を投げつけて決闘を挑んだというくらいだ。

「お父様。私、あちらでお菓子をいただきたいわ。お父様も一緒に行かない？」

慌てて父の腕を引き、意識を逸らそうとしたときだ。

なごやかに談笑していた紳士淑女たちが、いっせいにざわめいた。

「なんだね、君たちは!?　どこから入った！」

「ここはオルスレイ侯爵のお屋敷よ。物乞いなら出ておいき！」

男性の怒鳴り声に、女性たちの嫌悪の悲鳴。サリエには何が起こっているのかわからなかったが、人波が割れてようやく状況が見てとれた。

そこにいたのは、母と息子らしい二人連れだった。

骨と皮ばかりに痩せ細った女性を、十歳になるかどうかといった少年が、ふらつきながら支えている。

二人の衣服は垢《あか》じみ、距離があるにもかかわらず異臭がした。長く洗っていないらしい髪は束になって固まり、俯いた顔を覆い隠している。

野良犬でも迷い込んできたかのように、周囲は騒然とした。

一人の紳士が、母子に向けてステッキを振り上げ、無情にも打ち下ろそうとした。

「やめて……！」

サリエの体はとっさに動いた。

両手を広げて母子の前に飛び出すと、止められた紳士は呆気に取られ、気まずそうにステッキを下ろした。

両親が息を呑むのが見えたが、やめなさいとは言われなかった。

それでサリエは、間違ったことをしたのではないと胸を張れた。どんな場合であれ、女性や子供を殴ろうとするなんて絶対にいけないことなのだ。

「大丈夫ですか？」

へたりこんでしまった女性に、サリエは膝をついて声をかけた。

「……ありがとう、お嬢さん」

その顔を覗き込んだ瞬間、サリエが怯《ひる》まなかったといえば嘘になる。

女性の顔面は、赤い水疱《すいほう》にびっしりと覆われていた。その半分以上が潰れており、血の混じった膿《うみ》がじくじくと滲《にじ》んでいた。

「柘榴病《ざくろびょう》よ……！」

誰かが悲鳴をあげ、人々は後退《あとず》さった。

柘榴病とは、患者の肌にできるぶつぶつした水疱が、熟れた柘榴に似ていることからついた名前だ。罹患《りかん》初期は皮膚《ひふ》症状のみだが、進行すると水疱が体内までを冒し、臓器不全に陥る。

初期のうちに投薬すれば大事には至らないが、治療費を払えない階級の人々にとっては、致死性の恐ろしい病だった。

「近寄らないで……あなたにも感染《うつ》るかもしれないから……」

弱々しく呟いた女性が、サリエを押し留めるような仕種《しぐさ》をした。

その声を聞いたオルスレイ侯爵が、ぎょっとして顔色を変える。幽霊でも見たかのように、指差す手がぶるぶると震えた。

「お前、まさかイリーナか……？」

「なんですって!?」

オルスレイ夫人が金切り声をあげ、夫に食ってかかった。

「昔、うちで働いていたメイドの？　あなたの浮気相手だった、あの女!?」

「違う、俺は悪くない！　お前がアイザックを産んだあと、しばらく夜の相手はできないというから、つい魔が差してだな——」

「それにしたって、相手くらい選んでちょうだい！　貴族ですらない下賤《げせん》な女と比べられたなんて悔しくて……ああ、ああ、腹が立つ！　私は今も許してませんからね！」

頭に血をのぼらせた二人は、周囲の耳があることも忘れて醜悪に言い争った。

ますます大きくなるざわめきの中、イリーナと呼ばれた女性が、オルスレイ侯爵に向けて口を開いた。

「――私のことは、まだお忘れではなかったんですね」

　そのひと声で、周囲は水を打ったように静まり返る。

　座り込んだままのイリーナが、傍らに立つ少年を見上げた。

「でしたら、この子のことも覚えていますか？　私が解雇されたときはまだお腹の中にいたので、これが初対面になりますが」

「おい……もしかして、そいつは……」

「あなたの息子です」

　狼狽する侯爵に、イリーナは告げた。

　夫人が眩暈を起こして卒倒し、使用人たちが慌てて駆け寄る。

　そんな妻を労《いた》わる素振りも見せず、侯爵は唾を飛ばして激昂した。

「堕《お》ろせと言ったのに勝手に産んだのか!?　いまさら現れてなんのつもりだ!?」

「……絶対にご迷惑はかけないつもりでした」

　イリーナは無念そうに唇を噛んだ。

「あなたに関係を無理強いされたことは、今も恨んでいます。それでも芽生えた命に罪はないから。父無《てて な》し子《ご》と謗《そし》られても、私の手で必ず育て上げるつもりでした。でも——」

わずかな動きでも息のあがる体で、イリーナは両手をつき、地面に額を擦りつけた。

「見てのとおり、私は病気にかかってもう長くありません。なので、せめてこの子だけは……リュークだけは、父親であるあなたのもとで……」

「冗談じゃない！」

捨て身の願いを、侯爵はにべもなく撥《は》ねつけた。

「うちにはすでに立派な跡取り息子がいるんだぞ！　そんな薄汚い子供を、アイザックの弟として扱えと？　俺の種かどうかもわかったもんじゃないってのに！」

「あなたの子です、本当です！」

イリーナはなりふり構わず、侯爵の足元にすがりついた。

「今年で九歳になりました。優しい子です。賢い子なんです。財産を相続させろだなんて、大それたことは申しません。ただ、住む場所と食べるものを与えてくだされば……お願いします！　お願いします……！」

「ええい、離せ！」

かつての愛人を振り解こうとした侯爵の靴の先が、イリーナの顎《あご》を打った。蹴り飛ばされた彼女は、近くに置かれていたテーブルの角に頭をぶつけた。

(病人になんてひどいこと……！)

憤《いきどお》るサリエの前で、リュークと呼ばれた少年が母親を抱き起こす。

彼の着るシャツとズボンは寸足らずで、瘦せた手首や踝《くるぶし》の骨が目立っていた。

とはいえ顔立ち自体は整っており、きちんとした身なりをさせたなら、貴族の子といっても確かに通りそうだ。

「もういいよ、母さん。帰ろう」

九歳という年齢とは思えないほど、達観して大人びた声だった。

「こんな男に頭を下げる姿なんて見たくない。父親なんかいらないよ。俺の家族は母さんだけだ」

「でも、あなたが……母さんは、リュークを一人にしちゃ、う……っ」

声が途切れたと思ったら、イリーナは白目を剝いて痙攣《けいれん》し始めた。

「母さん⁉」

母親の頭を支える手を見やり、リュークが息を吞む。テーブルにぶつけた傷から血が溢れ、彼の手をべったりと汚していた。

冷静に見えたところで、彼もまだ子供だ。病身の母と死に別れることは覚悟していても、まさかこの場でとは思っていなかっただろう。

「嫌だ、母さん！　誰か……誰か、俺の母さんを助けて……っ！」

必死に訴えても、誰もが柘榴病のイリーナに触れることを恐れて踏み出さない。

彼女の頭から流れる血は大量で、もはや何をしたところで間に合わないと、素人目《しろうとめ》にもわかる傷だったからかもしれない。

そんな空気の中、サリエだけが動いた。

「これ、使って！」

リュークのそばに膝をつき、自分のハンカチを差し出す。戸惑う彼に強引に手渡すと、リュークは真っ白なハンカチを、恐る恐る母親の傷に押し当てた。

もちろんそれくらいで止血はできない。わかっていても、サリエは何かせずにはいられなかった。

自分とさほど歳の変わらない少年を、これ以上絶望させたくなくて。

世界中から見捨てられたなどと、決して思ってほしくはなくて。

（どうか……）

こんなときに祈る先を、サリエはひとつしか知らなかった。

創世の女神ラージュリナ。

母が読み聞かせてくれる絵本で知った、慈悲深い万能の「女神様」だ。

（奇跡よ、起きて。ラージュリナ様、イリーナさんをどうか治して——……！）

力なく垂れたイリーナの手を握りしめた瞬間のことだった。

かちり、と体の中で何かのスイッチが入った感覚がした。

あとになって連想したのは糸巻だ。

ミシンを踏むときに使う糸巻に似たものが、体の内側でくるくると回転を始める。

そこから伸びる糸が出口を求め、サリエの掌から溢れ出した。

実際に目視できるのは糸ではなく、きらめく黄金の光だ。

砂金のようにも、細かな霧《きり》にも見える光がサリエの掌から広がって、イリーナの全身を包み込んでいった。

「……!?」

リュークをはじめ、その場にいた全員が瞠目《どうもく》した。

光に覆われたイリーナの皮膚から、柘榴病の特徴である水疱がみるみる消えていく。その下から現れたのは、リュークによく似た端整な美貌だった。

頭部の出血が止まり、痙攣もやんだ。裏返っていた眼球が元に戻り、さまよう視線が我が子を捉えた。

「……リュー、ク……」

「母さん!」

リュークは母親に抱きついた。

間を置かずはっとサリエを見て、信じられないように尋ねる。

「病気が治ったのか？　あんたが治してくれたのか？」

「わ……私は……」

サリエはしどろもどろになった。

何が起きているのかわからず、目の前の光景を呆然と眺めていたのは、サリエ自身も同じだったのだ。

意味を理解していたのは、むしろ周囲の人々のほうだった。

「……奇跡だ」

「女神の恩寵だ」

「あの子は癒しの力を持つ聖女なんじゃないか？」

熱っぽい囁きが広がり、独特の興奮に空気がうねる。

その中で、サリエの父だけが顔を歪めて呻《うめ》いていた。

「サリエが……うちの娘が、聖女だと……？」

（――私が聖女？）

女神ラージュリナの魔力を授かった女性をそう呼ぶことは、サリエも知っている。

能力の顕現が見られれば、どのような立場にあろうと王都の神殿に身を寄せて、修行と奉仕三昧《ざんまい》の生活を送らなければならないことも。

（私が本当に聖女なら、もうお父様たちとは暮らせない……？）

どくんと、心臓が嫌な感じに脈を打った。

まだ六歳のサリエには、唐突に目覚めた力の意義や使命を考えるよりも、大好きな両親と離れなければならない不安のほうが先立った。

だが、このときのサリエの力はいかんせん未熟だったのか——それとも、イリーナの寿命はすでに定められていたことだったのか。

「母さん、もうどこも痛くない？」

「痛くないわ……ああ、息が楽にできる……ありがとう、お嬢さん……」

イリーナに話しかけられ、サリエはぎくりとした。

彼女の顔はこちらに向いてはいたが、瞳の焦点が合っていなかった。

苦痛が消えたのは本当だろうが、魂の緒が切れかけていることを本能的に悟ってしまった。

そしてそれは、イリーナ自身も感じていたのだろう。

「オルスレイ侯爵……——どうか、この子を頼みます」

遺言のように訴えられ、侯爵が言葉に詰まる。

この頃にはイリーナに対する同情的な空気が漂い始め、侯爵に向けられる視線は非難を帯びたものに変わっていた。

最後に残された力で、イリーナは息子の頬に手を伸ばした。

「愛してるわ、リューク……あなたの母親でいられて、幸せだっ、た……」

穏やかな笑みを浮かべたまま、イリーナの手がぱたりと落ちる。

二度と動かなくなった母親を前に、リュークは固まっていた。

目の前で起きた出来事の意味が頭に届いても、心が受容を拒んでいる。

それでも体のほうが先に震え出し、食いしばった歯の隙間から、獣が吼《ほ》えるような嗚咽《おえつ》が洩れた。

「っ……ぁあ！　ああああぁっ……――！」

その声は悲痛で、心臓をずたずたに引き裂かれるようで。

天を仰いで慟哭《どうこく》する彼が、本当に一人ぼっちになってしまったのだと悟って。

「ごめんなさい……！」

サリエはリュークの背にすがりつき、小さな体全体で抱きしめた。

「あなたのお母さん、ちゃんと治せなかった……私が悪いの、ごめんなさい……！」

リュークと同じように、サリエは声をあげて泣いた。自分が本物の聖女なら、もっとできることがあったはずだという罪悪感に耐えきれなかった。

あとになって思えば、あのときの自分は本当に子供だった。

自分が泣いたところでイリーナが生き返るわけもないし、悲しみを受け止めるのが精一杯なリュークに、余計な気遣いをさせることになってしまった。

「……いいんだ」

しばらくして泣きやんだのち、リュークは振り返った。

「あんたのおかげで、母さんは苦しまずに逝けたから……だから、泣かなくていい」

そう言った彼は、改めてのようにサリエを見つめた。

涙に濡れた空色の瞳や、ふわふわとうねる銀の髪は、彼の目にどのように映ったのか。

「――あんた、天使みたいだな」

サリエはぽかんとした。

当のリュークも場違いな発言だと気づいたのか、動揺したように目を逸らした。

（天使って、私が？　羽もないのに？）

どうしてそんなふうに思われたのかわからない。

けれど、リュークがサリエを責めていないことは感じられた。悲しみのあまり八つ当たりされても仕方ない場面で、彼はどこまでも理性的だった。

「オルスレイ侯爵。この少年をどうするつもりです？」

サリエの父が、この場を代表するように尋ねた。

「亡くなった女性はあなたの子だと言いました。身に覚えがある以上、責任を取るべきではありませんか？」

「……わかった」

オルスレイ侯爵はぶすっとし、捨て鉢に言った。

「そいつの面倒はうちで見る。ただし、その女の死と俺は無関係だ。勝手によろけて頭を打った挙句、柘榴病で寿命が尽きただけで、こっちにはなんの責任もないからな……！」

警察沙汰《ざた》にされてはたまらないとばかりに、侯爵はがなりたてた。

リュークの表情が強張《こわば》り、その瞳に怒りが宿ったが、結局は罵声を呑み込むように唇を噛んだ。

相手が母の仇《かたき》であろうと、今の彼が生き抜くには侯爵の庇護《ひご》を受けるしかない。どれだけ悔しくても、それが亡き母の望みでもあるからと、己の感情を殺すことができるリュークは、やはり聡明なのだろう。

「——帰ろう、サリエ」

ふと気づくと、父と母がそばに立っていた。

二人とも余命宣告を受けたような顔をしていて、サリエの不安を余計に煽《あお》った。

「お父様、お母様……私、神殿に行かなきゃいけないの？」

「どうだろうな」

弱々しく父は笑った。

「お前に聖女の能力があるのか、まずはそこから確かめることになるだろう。もし本当に、女神の恩寵を受けているのなら……」

「お父様たちとはお別れなのね」

口にした途端、また涙が零れそうになった。

視界の端で、リュークが息を呑むのが見えた。

彼は瞬時に理解したのだ。

イリーナを助けたい一心で、サリエは癒しの力を顕現させた。

聖女となることは、とても名誉で貴《とうと》いことだとされている。それでも幼い少女にとって、親元を離れて修行に明け暮れる日々は、むごいものには違いない。

「おいで、サリエ」

娘を抱き上げ、歩き出す父の肩ごしに、サリエはリュークが叫ぶ姿を見た。

「……あんたのことは忘れない！」

事切れた母親を抱きしめたまま、リュークは声を張りあげた。

「いつか、きっと恩を返すから――……ありがとう！」

「私も忘れないわ。元気でね、リューク！」

サリエも笑顔を作り、大きく手を振った。

自分の行く末がどうなるのか不安でたまらなかったけれど、それ以上に彼のことが心配で、幸せになってほしいと願わずにはいられなかった。

◆
◆
◆

その後の十年間は、瞬く間といえば瞬く間で、長かったといえば長かった。

衆目のもと、癒しの力を顕現させたサリエの噂はすぐさま広まり、こちらから出向くまでもなく、神殿の迎えがやってきた。

いくつかの試験を受け、能力が本物であると確かめられたその日から、サリエは神殿に留め置かれた。

下は五歳から上は四十路《よそじ》近い聖女たちと共同生活を送り、能力を高めるための瞑想《めいそう》や滝行、女神に捧げる舞や音曲《おんぎょく》などの稽古《けいこ》に打ち込むのだ。

提供される食事や衣類は質素で、一人前となって奉仕活動に赴くまでは、神殿の外に出る機会も滅多にない。

唯一の楽しみといえば、たまに届く家族からの手紙を受け取り、返事を認《したた》めることくらいだった。

「聖女だなんて崇められたって、実質は囚人か奴隷みたいなものよね」

仲間のうちには、そんなふうにあけすけな愚痴《ぐち》を零す者もいた。

「還俗するまではいいようにこき使われて、恋愛や結婚をする自由もないんだもん。私なんかは貧乏な家に生まれたから、毎日ご飯を食べられるだけでも感謝しなきゃいけないってわかってるけど」

聖女に生まれつく者に、血筋や家柄は関係ない。

サリエのような貴族階級の女性も多少はいるが、ほとんどは庶民の出であり、困窮した家庭で育った娘もいた。

能力が目覚める時期はまちまちだが、その力は三十代後半から四十歳になる頃に消失し、それをもって還俗とする。

還俗後は神殿を出て、国からの恩給で暮らしていけるものの、適齢期を過ぎているため、結婚や出産に至る女性は稀《まれ》だった。

(還俗すれば家に帰れる……その頃まで、お父様とお母様は元気でいてくれるかしら？)

溜息をつきつつ、代わり映えのしない神殿生活について手紙に綴《つづ》る。

両親からは、兄夫婦に子供が生まれただの、庭の秋薔薇《ばら》が今年も咲いただのの近況が届くが、里帰りもできない以上、家族への恋しさは募るばかりだった。

そんなある日、サリエは受け取った封筒がいつもより分厚いことに気づいた。

開けてみると、中にはひと回り小さい別の封筒が入っていた。

父からの添え書きには、

「家族以外との手紙のやりとりは禁じられているが、どうしてもと彼が頼むので同封したよ」

と記されていた。

首を傾げながら手紙の封を切り、サリエは目を瞠《みは》った。

便箋《びんせん》に並ぶ字は、右利きの人が左手で書いたのかと思うほど歪んでのたうっていた。

誰かのいたずらかと疑ったが、読みにくい文字を目で追っていくうちに、そうではないとわかった。

『さりえさま
おげんきですか。おれはげんきです。
いぜんは、ははをたすけようとしてくれて、ありがとうございました。
おれいがすごくおそく、すみません。
じがきたないのも、すみません。
おれはがっこうにいっていなかったので、
このはんとし、よみかきのれんしゅうをしました。
まだうまくないですが、これからもっとべんきょうします。
おるすれいのいえでは、しょくじがでます。じぶんのへやももらったです。
せいじょのしゅぎょうはたいへんだときいています。
さりえさまはげんきでいてください。
めいわくじゃなければ、これからもてがみをかきます。

ふぁるすはくしゃくにおねがいして、おくってもらいます。

りゅーく』

ところどころ文法や言い回しのおかしい、拙《つたな》い文面。

それでも、サリエの胸はたちまち温かいもので満たされた。

(元気でいてくれたんだ……よかった……！)

顔を合わせたのは一度きりだが、リュークのその後はずっと気になっていた。

世間体を気にして仕方なく彼を引き取ったオルスレイ侯爵に、よくしてもらえているのか心配だったのだ。

だが、この手紙によればまともに暮らせているようだし、勉強までさせてもらっているらしい。

リュークがわざわざ父のもとを訪ね、手紙の転送を頼んだのだと思ったら、なんだか泣きそうになってしまった。神殿側が封書の中身までは検《あらた》めなかったのが幸いだ。

嬉しくなったサリエは、さっそくペンをとって返事を書いた。

『りゅーくへ

おてがみありがとう。とてもうれしかったです。
おかあさまのこと、ほんとうにざんねんで、おきのどくでした。
わたしにもっとちからがあればよかったのに、ごめんなさい。
それでも、りゅーくががんばっているんだとおもうと、わたしもがんばれます。
わたしはしんでんでげんきにくらしています。
これからたくさんしゅぎょうをつんで、めがみさまのかわりに、
こまったひとたちをたすけられるようになりたいです。
りゅーくからのおてがみ、これからもたのしみにしています。

さりえ』

読み書きの練習中だというリュークに合わせて、平易な文でそう書いた。

父親を介した手紙のやりとりは、その後も途切れずに続いた。

回を重ねるにつれ、リュークの書く文字は上達し、語彙《ごい》も増えた。

地頭がよかったということなのか、その成長ぶりは目覚ましく、数年も経つ頃にはすっかり大人びた文面を綴れるようになっていた。

『サリエ様

寒さもいくぶん和《やわ》らいでまいりましたが、いかがお過ごしですか。
先日、屋敷の庭に雪割草《ゆきわりそう》が咲いているのを見つけました。
これが咲くと春の訪れの合図だと、庭師が話していました。
この家に暮らすようになってから、彼にはたくさんの花の名を教えてもらっています。
雪割草の押し花を同封します。
サリエ様はどんな花がお好きか、教えていただければ幸いです。
俺は近頃、剣の稽古を始めました。父が師をつけてくれたのです。
稽古は厳しいですが、体を動かすことには充実感があります。
剣の道を極めた先の目標もできました。
サリエ様も、一日でも早く、
聖女としての奉仕活動に励みたいとおっしゃっていましたね。
遠くからではありますが、応援しています。
慈悲深いサリエ様の力を必要とする人々が、きっとあなた様を待っています。
それでは、また。

リューク』

リュークの目標とはなんだろう。

今のユーレクシア王国は平和で、戦功をあげるというのは現実的ではない。剣で身を立てるといえば、王宮の近衛騎士となるのが最大の名誉であるから、そのことだろうか。

(リュークはすごいわ。あんなにつらい経験をしたのに、前向きで……私ももっと頑張らなくっちゃ)

リュークへの尊敬が原動力となって、サリエも修行に打ち込めた。

奉仕活動に早く出たいというのは、己の力を役立てたいのはもちろんのこと、神殿の外に出られれば、何かの折に家族やリュークに一目でも会えるのではという気持ちもあった。

リュークはときどき、手紙にちょっとした贈り物を添えてくれていた。

季節の花を押し花にして、栞《しおり》に仕立てたもの。

森で拾ったという、瑠璃色《るりいろ》に輝く鳥の尾羽根。

祭りの出店で見つけた、小さな空色の石が揺れるペンダント。

それらはサリエにとって、何物にも代えがたい宝物になった。

ささやかだが美しい、きらきらしたかけらたち。

疲れたときや寂しいとき、書き物机の抽斗《ひきだし》から取り出して見入っているうちに、自分は孤独ではないと思えて眠りにつくことができるのだった。

さらに一年が経ち、二年が経ち——神殿に身を置いてから十年の歳月が過ぎたのち、サリエはとうとう一人前の聖女と認められ、奉仕活動に出ることを許された。

「サリエ・ファルス。あなたにはこれから神殿の外に出向いてもらいますが、くれぐれも聖女としての自覚を忘れず、身を慎むように」

執務室にサリエを呼び出し、肘掛け椅子に座ったまま諭す神殿長は、自身もかつては聖女だったという六十代の女性だ。

聖女たちには品行方正であれと命じるものの、彼女自身は裏で飽食や遊興に耽《ふけ》っているという噂があり、それを裏づけるような豊満な体型をしていた。

夏まではまだ間があるのに、じっとしていても暑いのか、首のたるみに溜まった汗をハンカチでせかせかと拭っている。

「ひとまずあなたには市井《しせい》の病院を回ってもらいます。通常の医療では救えない患者や、手術に耐える体力のない老人などを中心に、癒しの力を使うこと。ですが、別件の要請があった場合にはその限りではないので、私が命じる先に向かいなさい」

「別件というのは？」

「わざわざ言わなければわかりませんか？」

汗のせいで化粧が落ちた眉を、神殿長はついとそびやかした。

「この神殿はそれなりの大所帯です。綺麗ごとだけでは運営は成り立ちませんから、寄進額の多い貴族や商人を優先する場合もあるということです」

神殿長の言葉にサリエは当惑した。

当時のサリエは、今以上に純粋で一本気だったのだ。

「あの、神殿は貧しい人や弱い人の味方だと思っていたのですが……裕福な人であれば、自分でお医者様にかかれますよね？　そもそも、寄進は強制ではないはずです。私たちは女神の使いとして、どんな人にも分け隔てなく接するようにと教わりました。命の重さは平等だからと」

「もちろん、表面上はそのように振る舞いなさい。下々から余計な反発を抱かれるのは厄介ですから。けれど、さっきも言ったように、綺麗ごとだけでは世の中は回らないの。特権階級との繋がりを強めるのは、あなたたちが還俗したあとのためでもあるのよ。元聖女を妻に迎えたがる貴族の男性はそれなりにいるし……まぁ、さすがに初婚ではありませんけどね。後妻だとしても、もともと平民だった子にとっては、本来なら望むべくもない良縁で」

「症状が重い人と軽い人がいるのなら、私は重い人から治したいです」

喋り続ける神殿長に、サリエは思いきって言った。

今にも死にそうな重篤者がいるのなら、もちろん貴族のもとにだって赴く。

だが、そこまで深刻ではないのなら、庶民の病人を優先したい。なんなら、医療に繋がることさえできない階級の人々をこそ助けたいと思っていた。

「強情な子ね」

神殿長が舌打ちし、執務机を挟んで立つサリエを憎々しげに睨《ね》めつけた。

「あなたは貴族の生まれだから、暮らしの苦労というものを知らないんでしょう。お金の価値を軽んじられるのは、恵まれた身分ゆえの傲慢《ごうまん》さです。聖女を名乗る以上は、その驕《おご》った精神からなんとかなさい」

思いもしないことを言われ、サリエは啞然《あぜん》とした。

確かに自分は伯爵令嬢で、いわゆる貧困とは無縁だった。綺麗なドレスや珍しい玩具《がんぐ》も、望むよりも先に両親が買い与えてくれた。

神殿に来て、同じ聖女見習いでも様々な立場の人間がいるのだと知り、少しは世間をわかったつもりになっていたけれど、こうして叱られるということは、まだ自覚が足りなかったのかもしれない。

「申し訳ありません。でも……」

反省ならばいくらでもするが、やはり優先順位を間違えてはいけないと思う。

魔力は使えば使うほど消耗するし、一日に癒せる病人の数には限りがあるのだから――

と言おうとしたサリエを、神殿長はぴしゃりと制した。

「この私に口答えをすること自体が、生意気だと言っているの！　初仕事よりも先に、懲《ちょう》罰房《ばつぼう》に入れて性根を叩《たた》き直してあげましょうか!?」

ヒステリックに罵られ、親にすら怒鳴られたことのないサリエは、蛇に睨《にら》まれた蛙《かえる》のように動けなくなった。

ノックの音が響いたのはそのときだ。

「――失礼します。入ってもよろしいですか？」

扉の向こうから聞こえたのは、男の声だった。

神殿は基本的に女の園だ。出入りの商人や下働きの人間すら女性に限定しているのは、還俗前の聖女たちに「間違い」があってはならないからだ。

ただし、唯一の例外がある。

「ああ、そうだった。忘れていたわ。お入りなさい」

神殿長の眉間から皺《しわ》が消え、その声は一オクターブも高くなった。

扉が開き、背の高い青年が部屋に入ってくる。

見たところまだ若く、二十歳《はたち》になるかどうかといったところだろうか。

夜の化身のようだと思ったのは、彼の目も髪も、腰に佩《は》いた剣の鞘までもが、黒一色で統一されていたからだ。

神殿長が甘ったるい視線を注ぐことも納得の、整った顔立ち。

細身でありながら脆弱《ぜいじゃく》さを感じさせない体格は、しなやかに伸びた柳の木を思わせる。

彼と向き合ったサリエは、不思議な感覚に襲われた。

これほど見目のいい男性の知り合いなどいないはずなのに、なんだか懐かしいような気がしたのだ。

「あなたの騎士よ、サリエ」

神殿長に言われ、サリエは「えっ？」と声を洩らした。

一人前になった聖女には、慣例として護衛の騎士がつく。年度ごとに厳しい選抜試験が行われ、剣の腕が立つことはもちろん、家柄や人柄も重視される。

寝起きする宿舎こそ別だが、同じ敷地内に暮らす彼らは、普段は交替で神殿の警護にあたり、ときには力仕事も請け負う。

そして、護衛対象の聖女が奉仕活動に出る際には、必ず行動をともにする。

聖女の魔力を利用したがる地下組織や、聖女という存在に妙な幻想を抱いた変質者などが、いつ襲ってくるとも限らないからだ。

黒ずくめの青年は、しばらく口をきかなかった。

こちらがたじろぐほどにサリエの顔を凝視したのち、ようやく頭を下げた。

「どうぞよろしく。リューク・オルスレイと申します」

「サリエ・ファルスです。こちらこそよろしくお願いしま——……え？」

——リューク。

——リューク・オルスレイ。

聞こえた名前を反芻《はんすう》し、サリエは絶句した。

（リュークって……私にずっと手紙をくれていた、あのリューク？）

顔を合わせたのは一度きりだし、あれから十年も経っているが、そのつもりで見れば面影があるような気がする。

神殿長からは見えない角度で、青年は人差し指を唇に当てた。――喋るな、の合図だ。

そうして彼は神殿長に向き直る。

「神殿長。さきほど正門の前に、王家の馬車が停まっていたようですが」

「あら！　ということは、王太子のテオドール様がいらしたのね。殿下の婚約者がこの神殿で暮らしているものだから、ときどき面会にいらっしゃるのよ」

説明しながらも、神殿長は残念そうだった。

王太子の出迎えに応じねばならないが、この青年と話せなくなることが不満だと、露骨に顔に書いてあった。

「今日は顔合わせだけですから、二人とも自分の宿舎に戻りなさい。奉仕活動については、追って指示します」

そう言い置いて、神殿長はせかせかと部屋を出て行った。

残されたサリエと青年は、改めて見つめ合った。

「……リューク？　本当に、あのときのリュークなの？」

「はい。ご無沙汰しています」

おずおずと尋ねれば、リュークは頷いた。

切れ長の瞳や、鋭角的な頬の輪郭は硬い印象を与えるが、受け答えする声は意外にも柔らかかった。

「びっくりした……」

サリエは胸を押さえて息をついた。

「こんなところで会えるなんて思ってなかったから。でも、元気そうでよかった。すごく背が伸びたのね」

爪先立ちになってみても、小柄なサリエの頭は彼の肩にも届かない。

栄養不足で痩せていた少年は、すっかり大人の体格に成長し、昔のみすぼらしさが嘘のようだった。手紙と同じく、丁寧な敬語を使いこなす様《さま》も、生まれながらの貴族のように洗練されている。

「剣の修行をしてるって言ってたけど、もしかして神殿騎士になりたかったの？」

神殿騎士も、王宮の近衛騎士に準ずるほどに名誉な職だ。リュークが夢を叶えたのなら素晴らしいことだし、偶然とはいえ、こうした形で再会できたことも嬉しい。

微笑《ほほえ》むサリエに、リュークは「いえ」と首を横に振った。

「ただの神殿騎士ではなく、あなたの騎士になることが目標でした」

「……まさか、お母様のことで恩を返すために？」

「その理由もありますが、それだけではありません」

一拍置いて、リュークは衒《てら》いもせずに告げた。

「ただ俺がもう一度、あなたに会いたかったんです」

「私に？」

「あなたが独り立ちする時期に合わせて選抜試験を受けたのも、神殿長に鼻薬《はなぐすり》を嗅《か》がせてあなたの騎士に任じられたのもそのためです」

（鼻薬……ってなんだっけ。神殿長様って鼻炎なんだっけ？）

それが賄賂《わいろ》の意味だととっさに思い出せないくらいに、サリエは面食らっていた。

このときのサリエは十六歳。

思春期こそ迎えていたが、異性と接する機会が皆無なため、熱っぽく語られる言葉の真意を捉えかねていたのだった。

「……迷惑でしたか？」

リュークの眼差しがふいに揺らいだ。

「迷惑なら言ってください。それなら俺は――」

「そんなことない！」

サリエは慌てて遮った。

リュークがなんと続けるつもりだったかはわからないが、沈鬱な表情に、その先を言わせてはいけない気がしたのだ。

「リュークにまた会えて嬉しいの。送ってくれる手紙も、毎回すごく楽しみにしてた」

「本当ですか？」

「本当よ。綺麗な押し花や鳥の羽根もありがとう。見つかると没収されるから隠してるけど、あの空色の石のペンダント、いつでも身に着けておきたいくらい気に入ってるの」

「よかった……」

リュークの表情が、みるみる安堵の色に染まった。黙っているととっつきにくく見えるのに、自分の言葉ひとつで彼は驚くほど反応を変える。

そのことがくすぐったい反面、どこか危ういような気もした。

「あのペンダントは、あなたの瞳の色を思って選んだんです。十年も前に見たきりなので、違っていたらどうしようと心配でしたが」

リュークが身を屈め、サリエに顔を近づけた。

吐息がかかるほどの距離で、彼は夢見るように微笑んだ。

「ああ、同じだ。やっぱり、俺の記憶のとおりだった――……」

「っ……！」

独り言のように洩らされた声に、項《うなじ》がちりちりした。

眦《まなじり》を下げたリュークの目元は、かすかに寄った皺さえ魅力的だった。

それが男の色香であるとは、初心《うぶ》なサリエにはまだ認識できなかったけれど。

「サリエ様――サリエ・ファルス様」

リュークが唐突にその場に跪《ひざまず》いた。

表情が見えないほどに頭《こうべ》を垂れ、サリエのスカートの裾を手に取って恭《うやうや》しく接吻した。

「女神ラージュリナの化身たるあなたに、俺は生涯の忠誠を誓います。不埒《ふらち》な輩《やから》は何人《なんぴと》たりとも御身に触れさせません。サリエ様の盾となり、剣となることを、あなたの崇拝者の一人として、どうかお許しください」

芝居がかった台詞《せりふ》と所作は、リュークの意志によるものか。

それとも、護衛対象である聖女に、神殿騎士が必ず行う儀式のようなものなのか。

どちらともつかないし、確かめることもできないままに――もしも前者だったなら、どんな顔をすればいいのか恥ずかしくてわからないから――サリエは小声で言った。

「はい。……許します」

リュークが弾かれたように顔を上げる。

その瞬間、サリエにはわかった。

言葉はない。

笑うでも泣くでもないけれど、崇めるようにサリエを見上げるリュークが、この上なく高揚していることに。

それから半年ほどののち、ある出来事をきっかけに二人は将来を誓い合うことになるのだが——彼への恋の萌芽《ほうが》はこの瞬間からではなかったかと、サリエはのちに振り返って思うのだった。

2　運命を回避するためには手段を選んでいられません

「――要するに」

と、サリエは口に出して呟いた。

聖女たちが暮らす宿舎の自室で。寝台の上で膝を抱えて。

死に戻ったとわかった瞬間から、どうすれば未来を変えられるだろう……と、一晩中まんじりともせずに考え続けた結果だった。

「今のうちにリュークと別れれば、私が死んでも後追いまではしないんじゃない？」

それは至極名案のように思われた。

誰にも話していないが、このところのサリエはときどき頭痛がして、手足が痺《しび》れることがあった。

これが死に至る病の兆候であると、【一周目】の人生ではわからなかった。一応は医者にもかかったが、奉仕活動で魔力を消耗しすぎたせいだろうと言われるばかりだった。

時が経つにつれて様々な症状が現れ、最期《さいご》の日から半月ほど前に血を吐いて、そこからは坂道を転がるように悪化し、リュークに看取《みと》られて息絶えたのだ。

（そもそも私が死なずにすめば、リュークの後追いを心配する必要もないんだけど……）

癒しの能力を持つサリエだが、自分自身の病を治すことはできない。軽い風邪をひいたときなどに何度か試してみたが実証済みだ。

なお、同じ能力を持つ聖女はとても稀少《きしょう》で、この神殿にはサリエの他に一人しかいない。

「サリエ、起きてる？　朝食の時間よ」

ノックの音とともに呼びかけられ、サリエははっとした。

偶然にも、ちょうど声の主について考えていたところだったからだ。

「起きてるわ！　ちょっと待ってて」

寝間着からお仕着せのドレスに急いで着替え、汲み置きの水で顔を洗って扉を開ける。

そこに立っていたのは、聖女仲間の一人だった。

榛色《はしばみ》の瞳に、シニヨンにまとめられた栗色《くりいろ》の髪。ふっくらした頬に散ったそばかすや、ほわっとしたけぶるような眉毛が柔和な印象を抱かせる。

彼女の名は、カナリー・バーデン。

能力の顕現が遅かったため、神殿での暮らしはまだ三年と短いが、サリエと同じく貴族出身であることから親しくなった。

「おはよう、カナリー。待たせてごめんね」

「ううん。……あ、襟元《えりもと》が湿ってる。慌てたから濡れちゃったのね」

カナリーはハンカチを取り出し、濡れた襟を拭いてくれた。サリエよりひとつ年上なこともあって、こうした仕種はまるで姉のようだ。

「ありがとう。ハンカチは洗って返すから」

「気にしないで。サリエは大事な親友だもの」

食堂に向かって歩き出しながら、カナリーは気弱そうに笑った。

「私がここに来たばかりで浮いてたとき、サリエが話しかけてくれたのがすごく嬉しかったの。他の子たちは今も私に冷たいけど、サリエと一緒だといじめられないし」

「そういうことじゃなくて……カナリーは王太子殿下の婚約者だもの。未来の王太子妃に失礼があっちゃいけないって、皆も緊張してるのよ」

慰めるつもりでサリエは言った。

カナリーの父親はバーデン伯爵家の当主で、野心家として有名だった。

父親があらゆる伝手《つて》を用《もち》いた結果、カナリーは王太子テオドールの婚約者候補に名を連ねることになった。

本人は、地味で目立たない自分が選ばれるとは思っていなかったらしいが、ある日テオドールが病に臥せった。

見舞いに訪れたカナリーが、『どうかよくなりますように』と祈ったところ、テオドールはたちどころに快復した。

能力の目覚めを機に、彼女の運命は一変する。

万事に控えめなカナリーを、テオドール当人よりも、むしろ国王夫妻が気に入った。

跡継ぎのテオドールは、いささか浮わついたところがあり――有《あ》り体《てい》にいえば、数々の女性と浮名を流す放蕩《ほうとう》息子だったので――カナリーのような落ち着いた女性を妻に迎えれば、態度も改まるのではないかと考えたのだ。

聖女として覚醒した以上、本来ならば、能力が潰《つい》えるまでは神殿における奉仕活動に励むべきだ。

しかし、国王は例外を設《もう》けた。カナリーに関しては、数年の「お務め」を終えれば還俗を認めるとし、テオドールとの婚約を調《ととの》えたのだ。

当時十六歳だったカナリーは、二十歳で結婚することを前提に神殿暮らしを始めた。
二、三カ月に一度、テオドールは花や菓子を携えて婚約者との面会に訪れる。
規律規律と口うるさい神殿長も、カナリーに対しては敬語で話し、遜《へりくだ》った態度で接する。

あからさまな特別扱いに、周囲の聖女が複雑な気持ちになるのもやむを得ない。

いじめというほど露骨な行為はなくとも、

『神殿入りしたっていっても、どうせ腰掛け気分なんでしょ』

『同じ囚われの身でも、刑期の長さが違うもの』

と囁くばかりで、積極的に声をかけようとする者はいなかった。

下手に関わってカナリーの機嫌を損ねれば王家を敵に回すことになるし、庶民階級だった少女たちとは、そもそも共通の話題もない。

サリエが孤立しなかったのは、神殿に来たのがあまりに小さな頃だったので、年上の聖女たちがこぞって面倒を見てくれたというのが大きかった。

だからサリエは、一人でぽつんとしているカナリーを放っておけなかった。

ここで暮らし始めた時期さえ違えば、貴族の娘だからと遠巻きにされていたのは、自分も同じだったかもしれないのだ。

『初めまして、私はサリエっていうの。よかったら神殿の中を案内するわ。可愛い野良猫が迷い込んでくる穴場があるんだけど、猫は苦手じゃない？』

お節介と思われるのを承知で話しかけると、カナリーは最初こそ戸惑っていたが、次第に打ち解けてくれた。

食堂や浴場には連れ立って行くようになったし、婚約者のテオドールからもらったお菓子をこっそり分けてくれることもあった。

そんなふうにカナリーと親しくなれたのは、互いの境遇に加え、扱う能力が似ているからという理由も大きい。

ただ、癒しの力を持つのは同じでも、その過程には違いがあった。

サリエは、患者の体を蝕む病素を直に祓《はら》うことで回復させる。

一方のカナリーは、患者に触れて祈ることで己の身に病素を取り込む。その後、女神の祝福を受けることによって病素は浄化されるのだ。

一瞬とはいえ、我が身を犠牲に他者を癒すカナリーは、より聖女らしいと持て囃《はや》された。治してもらった側からしても、ありがたみが増すというものだ。

もっともカナリーの場合は、神殿長の采配《さいはい》で、奉仕活動の対象は貴族に限定されている。かつてサリエが納得できなかった、富める者優先の原則に従っているのだ。

カナリーに対して、そのことをどうこう言うつもりはない。

いずれ王族の仲間入りをする彼女にとって、上流階級での人脈作りは大切だろうし、彼女の恩に報いようとする貴族が増えるのは悪いことではないはずだ。

(カナリーはカナリーで、私は私。お互いにできることを役割分担すればいいんだわ)

カナリーが貴族相手の奉仕を引き受けてくれているから、サリエは市井の病院を巡ることができる。

何かあれば気軽に話せる仲でもあるし、それが病気に関わることなら、カナリー以上の相手はいない。

「ねぇ、カナリー。ちょっと相談があるんだけど、いい?」

中庭を囲む回廊を歩きながら、サリエは切り出した。

カナリーはわざわざ足を止め、「どうしたの？」と首を傾げた。

「あのね。実は、私……——」

（原因不明の病にかかったみたいなんだけど、今のうちならカナリーに治してもらえる？）

口にしかけた言葉を、サリエは寸前で呑み込んだ。

【一周目】の人生で倒れたサリエを、カナリーはもちろん助けてくれようとしたのだ。咳き込むたびに血を吐き、全身の痛みを訴える姿に、『どうしてこんなになるまで我慢してたの？』と涙を浮かべて。

だが結論からいえば、彼女も病の前では無力だった。

『ごめんなさい……これはもう、治せない……』

サリエの身に触れただけで、すでに手遅れであるとカナリーは悟った。

重篤すぎる患者には、彼女は能力を使えない。女神の祝福をもってしても癒せない病を引き受ければ、すなわち自分が死んでしまう。

泣いて詫《わ》びるカナリーに、サリエも無理は言えなかった。

なんといっても、彼女は王太子の婚約者なのだ。その身に何かあっては責任の取りようがない。

それは、【二周目】の人生であろうと変わらなくて。

（今のところ症状は軽いけど、根が深い病気だったら？　病素を浄化しきれなくて、カナリーが倒れるようなことになったら？）

——駄目だ、とサリエはすぐに思い直した。

友達だからこそカナリーに危険が及んではいけないし、心配をかけたくもない。

「相談って何、サリエ？」

会話の続きを促され、サリエは困った。

なんでもないと誤魔化すには苦しい流れで、とっさに口をついたのは。

「えっと……リュークとのことなんだけど」

「リュークと？　彼と何かあったの？」

信頼するカナリーには、リュークとひそかに交際していることも話している。

神殿に身を置くうちは清い関係を貫き、いつかサリエが還俗したら結婚しようと言われていることも。

「実は私、リュークと別れようと思ってて……」

いざ口にすると、胸がずきりと痛んだ。

カナリーが「どうして？」と驚いたように尋ねた。

「あんなに大事にされてるのに？　昔からの知り合いで、会えない間もずっと手紙のやりとりをしてたんでしょう？」

「そうなんだけど……やっぱり、還俗まで待たせるのは申し訳なくて。リュークのことを好きな女の人は、他にもたくさんいるんだし……」

病院の看護師をはじめ、リュークは多くの女性から声をかけられたり、想いを綴った手紙をもらったりしている。

顔に出さないものの当人は迷惑らしく、手紙も読まずに捨てているらしい。

そんなとき、サリエは複雑な気持ちになった。

他の女性に目もくれない誠実さは嬉しいが、彼はサリエ以外の人間には総じて冷淡なところがある。あえて冷たくしている自覚もなく、単に一切の興味がないように見えるのだ。

他の騎士と共同生活をしていても、特に仲のいい相手もいないようだし、今ではオルスレイ家とも没交渉だ。何かしらの趣味があるとも聞いたことがないし、余暇の時間は黙々と身体訓練に励んでいる。

そんなふうに、未練になるものが何もない生き方をしているから、サリエの死とともに迷いなく後を追えたのだ。

「もしかして、リュークの気持ちが重たくなっちゃった?」

カナリーが案じるように声をひそめた。

「正直、少し心配だったの。会ったのは一度だけなのに、サリエのことしか眼中になくて神殿まで追ってくるなんて、ちょっと普通じゃないものね」

「そう、かな……?」

サリエは曖昧《あいまい》に答えを濁した。

彼の行動を迷惑だと感じたことはなかったが、確かに重いといえば重いのかもしれない。

「でも、リュークを傷つけたいわけじゃないの。別れたいって言っておいて勝手すぎるけど……重いから嫌だとは、やっぱり言えない」

本当に我儘《わがまま》なことを言っている自覚はあった。

だが実際、リューク自身にはなんの落ち度もないのだ。嘘も方便だからと、『嫌いになった』などと告げれば、彼はひどく荒れるだろう。

「そうよね。サリエはあくまで、リュークを自由にするために別れてあげたいんだものね」

カナリーが薄い微笑を浮かべた。

「それがサリエの優しさなのよね。――だったら逆に、リュークから嫌われるように仕向けてみるっていうのはどう？」

「嫌われる？」

「これまでのイメージを覆して、向こうから見限ってもらうのよ。彼はサリエのことを可《か》憐《れん》で清楚《せいそ》な子だって神聖視してるから、本当は違うっていう演技をするの」

サリエはよくよく考えてみた。

リュークに幻滅されるようなことをして、彼のほうから別れを告げてもらう。

それを機に神殿騎士を辞し、サリエが死んだことすら知らないままでいてくれれば、彼が負う傷は最小限ですむはずだ。

「ありがとう、カナリー。その作戦でいこうと思う！」

礼を述べた端から、サリエは「でも」と首をひねった。

「具体的にはどんなことをすれば、リュークに嫌われるのかしら」

カナリーは顎に人差し指を当て、考え込むように宙を見すえた。

「そうね。たとえば――……」

◆
◆
◆

うっかり話し込んでしまったせいで、サリエたちが食堂に着いたのは、食前の祈りが始まる寸前のことだった。

広い食堂には長机が四列に並び、そのうちの半分には聖女たちが、もう半分には騎士たちが座っている。

リュークもどこかにいるはずで、いつもなら視線を交わして微笑み合うのだが、今日はその余裕がなかった。

「何をしていたのですか、サリエ！　祈りの時間に遅れるところだったでしょう！」

なるべく気配を消して滑り込んだにもかかわらず、目を三角にした神殿長からの叱責が飛んだ。

場を乱してしまったサリエは、「申し訳ありません」と頭を下げた。

が、他の聖女たちが鼻白むように見ているのは、どちらかといえばサリエよりも、その後ろに張りつくカナリーのほうだ。

神妙に俯くカナリーに、神殿長は何も言わない。

こういう露骨な贔屓《ひいき》をするから彼女の立場が悪くなるのだと思いつつ、サリエはカナリーと並んで空いた席についた。

「それでは皆さん、祈りの言葉を」

神殿長の呼びかけに、その場の全員が両手を組んで目を閉じた。

――我らが兄弟、姉妹たちよ。

――感謝の心をもって、日々の糧《かて》をともに分かち合いましょう。

――聖なる女神ラージュリナの愛と恵みが、我らの血肉となりますように。

唱和を終えると、聖女も騎士もおもむろにトレイの上の食事に手を伸ばす。

今朝のメニューは、根菜とキノコのスープにライ麦パン。塩漬け肉と卵の炒《いた》め物に、林《りん》檎《ご》が半切れだった。

育ち盛りの頃は物足りなく感じたが、今のサリエには充分な量だ。体調を崩し始めてからは胃が病む日もあって、食も細くなりがちだった。

よって、今からの試みが上手くいく自信はあまりなかったが。

(とにかく、やってみなくちゃ始まらないわ)

サリエはその場で挙手すると、神殿長に向かって大きな声で訴えた。

「神殿長！　私、ご飯のおかわりがしたいです！」

「……は？」

神殿長があんぐり開けた口の端から、スープがたらりと垂れた。

慌ててナプキンで拭う彼女に、サリエはたたみかけた。

「今日は空腹で倒れそうで、お腹の虫がドラゴンの咆哮《ほうこう》並みに鳴くんです！　配膳室に行って、おかわりをもらってきてもよろしいですか？」

「い……いけなくはないですが……」

神殿長は目を白黒させ、食堂中がざわついた。

「サリエってそんなに食いしん坊だった？」

「遅れてきた上にあんなこと、私なら絶対言えないわ」

じろじろと注目を浴びて、サリエ自身も実は相当に恥ずかしい。

さりげなく様子を窺えば、遠くの席でリュークが目を丸くしているのがわかった。

(リュークにも呆《あき》れられてる。今のところ、狙いどおりだわ)

はしたなく食事を貪《むさぼ》る大食い女子となり、リュークの幻想を打ち砕く――カナリーが考えてくれた、「作戦その二」だ。

なんなら神殿長そっくりの二重顎になり、三段腹になり、腰のくびれが永遠に失踪してしまっても構わない。そのまま死ぬと特注の巨大棺桶が必要になるので、多少の迷惑をかけはするけれど。

「あのう……」

配膳室の小窓から、料理人の女性がひょっこりと顔を出した。

「すみません。お声が聞こえたんですが、今日はもう使用人たちのまかない分しか残ってなくて……」

申し訳なさそうに謝られたが、ここで引き下がってはただの恥かき損になってしまう。

「本当に何もないんですか？　林檎も？　パンやチーズのひときれも？　今日の昼食や夕食の分は？」

「いいわよ、サリエ。私のおかずを分けてあげるから」

しつこくねだって料理人を困らせていると、カナリーが自分の皿を差し出してくれた。

そのとき、ガタッと椅子を立つ音が響いた。

リュークが自分のトレイを手にして、つかつかとこちらに歩み寄ってくる。

「ありがとうございます、カナリー様。ですが、お気遣いは不要です」

にこりともせずに言って、リュークはサリエに向き直った。

「どうぞ、俺の分も召し上がってください」

「リュ……リュークはしっかり食べなきゃ駄目でしょ。体力を使うお仕事なんだし」

思いがけない展開に、サリエは慌てて首を横に振った。大食い作戦は遂行したいが、人の食事を奪ってまでとは思っていない。

「でしたら交換しましょう。こちらのほうが量は多いですから」

リュークの食器に盛られた料理は、内容こそ同じだが、三倍近い量があった。男女の差を考慮してのことだろう。

あれよあれよという間にリュークはトレイを交換し、そのまま向かいの席に座った。

サリエの前に置かれたのは、食べきれるかどうか非常に怪しい大盛りの朝食だ。

(自分から言い出したことだし、食べ物を残すのはばちが当たるし……うう っ、あとには引けないわ……！)

覚悟を決めたサリエは、両手でむんずとパンを掴み、一気に口に突っ込んだ。

頬を膨《ふく》らませたまま、わざと音を立ててスープを啜《すす》る。肉と卵の炒め物は皿を持ち上げ、がつがつとフォークで掻き込む。

リュークがどんな顔をしているのかは見られなかったが、山賊さながらの食べっぷりに、周囲が引きまくっているのだけはわかった。

「ごちそう、さま……でした……！」

最後に林檎を丸かじりし、サリエはどうにか完食した。

今にも吐きそうなほどに苦しいし、ちゃんと味わえなかった食べ物にも申し訳ないしで、この作戦は続行不可能だとすぐに悟った。

「大丈夫、サリエ？」

「ん……どうにか……」

心配そうなカナリーに苦笑いしてみせながら、決意する。

(諦めないわ。作戦その二、いってみよう……！)

◆
◆
◆

「これをどうぞ、サリエ」

昨日と同じく、奉仕活動に向かう馬車に乗り込んだ直後のことだった。

いまだに苦しいお腹をさするサリエに、リュークが紙に包まれた何かを手渡してきた。

「胃薬です。さっきの朝食が消化しきれていないのではと思ったので」

「あ……ありがとう……」

ご丁寧に差し出された水筒も受け取り、サリエは薬を飲み干した。

動き出した馬車の中、向き合って座ったリュークが、「さて」とばかりに口を開く。

「やはり、さきほどは無理をしていたんですね。何故あんな突拍子もない行動を？」

あなたに振ってもらうためでした――とは言えず、サリエは目を泳がせた。

「リュークはどう思った？　あんなにガツガツ食べる女の子、下品ではしたないわよね？」

「いいえ」

リュークはさらりと否定した。

「少し驚きはしましたが、頬をぱんぱんにして食べる姿が、食いしん坊のリスのようで可愛らしかったですね」

「え……リス？」

「はい、リスです。背中がしましまで尻尾がふさふさのげっ歯類です。あの頬袋にはドングリを六個ほど詰め込んで運べるそうです。たまにドングリの存在を忘れて、口の中で腐らせて病気になるリスもいるようですが」

「何それ、お馬鹿さんね！」

意外な蘊蓄《うんちく》に笑いかけ、サリエははたと我に返った。

（なごんでる場合じゃないわ。私はリュークに嫌われなきゃいけないのに）

ごほんごほん！　と咳払いしたサリエは、作戦その二を決行することにした。

ことさら深刻な顔になり、恥を忍んで打ち明けるのだという雰囲気を演出する。

「あの……聞いてくれる？　実は最近、足の裏が痒《かゆ》くてたまらないのよね」

「足の裏？」

「きっとこれは水虫ね。お風呂に入るのをサボってて、足を洗わなかったから」

「……みずむし」

呆気に取られた顔で呟かれ、サリエは手応えを感じた。

よほどの特殊性癖持ちでもない限り、不潔な女子が好きだという男性はまずいない。この告白を聞いて、『可憐で清楚な子』のイメージを抱《いだ》き続けることはできないだろう。

（大勝利……！）

拳を固めて達成感を噛み締めていたところ、リュークが動いた。

「失礼します」

前かがみになったと思ったら、サリエの足首に手をかけて持ち上げる。

あれよあれよという間に靴を脱がされ、素足をまじまじと観察された。

「見たところ、それらしい症状はありませんが」

「あ、ちょ、やだ……あっ……！」

スカートがめくれて脹脛《ふくらはぎ》までが剝き出しになり、サリエは真っ赤になった。

足の裏も表も、指の間まで丹念になぞられ、異常がないことを確認される。逆の足にも同じことをされ、くすぐったさにサリエはもがいた。

「嘘をつく理由はわかりませんが、サリエの足は綺麗ですよ。――こんなことだってできるくらいに」

「ふぁっ……!?」

思いもしないことだった。

押し戴《いただ》くように触れた足の甲に、リュークが唐突にキスをしたのだ。

硬直した隙に舌が伸び、指の股をねろりと這う。

温かく濡れた感触に、サリエの背筋を異様な戦慄《わなな》きが駆け抜けた。

「っ……やめて……！」

悲鳴まじりの訴えに、リュークはすぐに身を引いた。

元通りに靴を履かせると、肩を揺らしてくつくつと笑う。

「まったく、今日のサリエはおかしいですね」

「お……」

おかしいのはリュークのほうだ――と言いたかったが、言えなかった。

見た目には綺麗でも、足は足だ。たとえ洗ったばかりだとしても、口をつけたり、まして舐めるような場所ではない。

（それにリュークは、私の体に気安く触ったりする人じゃなかった……）

少なくとも、【一周目】のときはそうだった。

恋人同士といっても、その付き合いは節度のあるものだった。いつ誰に見られても言い逃《のが》れができるよう、必要以上の接触は決してしなかったのに。

動揺がおさまらないサリエに、リュークは笑顔のままで言った。

「暴食も虚言も俺は気にしません。どんな振る舞いをしようとサリエはサリエです」

ただ――と続けた彼の顔から笑みが消える。

一言一句ゆっくりと、念を押すようにリュークは告げた。

「俺はあなたを守るために在る騎士です。困っていることがあるのなら、遠慮せずになんでも話してください。――いいですね？」

◆　◆　◆

サリエは悶々《もんもん》とし、溜息を噛み殺した。

（どうしよう。リュークに嫌われることがこんなに難しいなんて……）

病院での奉仕活動を終え、昨日と同じように廊下を歩いているところだ。背後にはもちろん、悩みの種であるリュークが付き従っている。

(いっそ私が、カメムシみたいに悪臭をまき散らす体質だったらよかったのに。蜘蛛《くも》みたいに手足が八本あるとか、ミミズみたいに全身から粘液が滲《にじ》み出るとか)

それはもはや化け物だが、リュークに距離を置いてもらえるならなんでもよかった。サリエが病気だと知れば、優しいリュークは絶対に見捨てないだろうから、今のうちにどうにか破局しなければならないのだ。

(こうなったら最後の手段だわ。カナリーのアドバイスどおりにやれば、きっと大丈夫なはず……!)

そうと決まればと、まずは振り返って話しかける。

「ねぇ、リューク。帰りに少し寄りたいところがあるんだけど」

「構いませんよ。お供します」

案の定、リュークは快く頷いてくれた。

聖女の一人歩きは禁止だが、騎士同伴なら多少の寄り道は許されているし、自由になるお金もわずかながら持っている。

見習い中の妹分たちにお菓子を買って帰ることも多いサリエだったから、今日も同じような目的だと思われているのだろう。

（でも、今回はさすがに身分がバレるとまずいかも）

お仕着せのドレスと騎士服では、神殿の関係者であると露骨にわかってしまう。行き先を考えれば、ここはひとつ変装しておくのがいいかもしれない。

繁華街の広場でサリエは馬車を停めさせた。

目についた服飾店に入ると、等身大の人形《マネキン》が立ち並ぶ店内を、リュークはもの慣れない様子で見回した。

「着るものを買われるのですか？」

「そうよ。だって今日はお忍びだもの」

「……お忍び？」

困惑するリュークをよそに、サリエは髭《ひげ》を生やした店主に声をかけ、庶民風の服を見繕ってくれとお願いした。

「あらあら。もしかして、聖女様と騎士様の秘密のデートなのかしら？」

見た目とは裏腹に女性的な店主は、「くふふっ」と面白そうに笑った。

そのほうが話が早いので頷くと、

「任せて。若い二人の恋を応援するわ！」

と在庫をひっくり返し始めた。

店主自身がピンクのスーツに豹柄《ひょうがら》のスカーフという出で立ちだったので、センスが若干心配だったが、選ばれたのはモスグリーンのエプロンドレスと、白シャツに焦げ茶の吊りズボンという組み合わせだった。

「注文どおり、地味の極みでしょ？」

試着室で着替え終えた二人に、店主はウインクした。

「そっちの騎士様なんてすごく美形だし、スタイルもいいから、もっと着飾らせたいんだけど……ううん、むしろ、個人的には着せるよりも脱がしたいわね。たくましい胸筋に顔を埋《うず》めてみたいわぁ……」

「断る」

むっつり答えたリュークに、店主は「やぁだ、冗談よう」とけらけら笑った。

妙なノリだが悪い人ではないと感じたサリエは、ついでに尋ねてみた。本当は別の店に行くつもりだったが、ここで調達できるなら手間が省けるというものだ。

「あの、こちらって、女性用の下着も置かれてますか？」

「ええ、いっぱいあるわよー」

下着という言葉に、リュークがたじろぐのがわかった。

サリエとて、男性の前ではしたないという意識はあるが、ここで怯んではいけないとさらに尋ねる。

「ちょっと変わったものもありますか？　過激で色っぽいやつ……とか」

「!?」

目を剝くリュークと、もじもじするサリエを交互に見やった店主は、にやにやして顎を撫でた。

「そうね。聖女様だってお年頃だものね。秘密は守るから安心して。聖女様がエッチな下着で騎士様を誘惑しようとしてるだなんて、絶対誰にも言わないから」

とっておきのを出してあげるわ〜と、店主が倉庫に走っていく。

「……どういうことですか」

二人きりになった瞬間、リュークが地を這うような声で尋ねた。

「お忍びだの、デートだの、さっきから何を企んでいるんです？　しかも、エッ――……過激な下着だなどと」

「私が自分で買うんだからいいじゃない」

「そんなものをいつどこで身に着けるつもりですか」

「普通に毎日穿《は》くわよ。派手な赤とか紫とか、運気が上がりそうだもの」

にっこり笑って答えると、リュークは絶句した。天地がひっくり返っても、下着といえば清純な白しか身に着けないのが、彼の中のサリエのイメージなのかもしれない。

そんなこんなのうちに、店主が「とっておき」を抱えて戻ってくる。

「ほーら、いっぱいあるわよ。騎士様も一緒に選んであげたら？」

陳列台の上に並べられた下着に、リュークの眉がみるみる逆立った。

「この極小の布面積はなんだ？　肝心の部分が何も隠せていないだろう！」

「だって、見せるための下着だもの」

「第一、これでは腹が冷える」

「あったかーい手で優しくさすってあげたら？」

「こっちのこれは、ほぼ紐《ひも》では？」

「するする～っと解く楽しみがあるでしょう？」

「これなら多少はましか……いや、股間の部分が割れているが!?」

「脱がせないままイタせるのよ、便利よう」

何を言われても、店主は柳に風とばかりに受け流す。こんなふうに声を荒らげるリュークを見ることは滅多になくて、なんだか新鮮な気持ちだった。

「じゃあ、これとこれとこれを買います」

布地をケチったとしか思えないものと、ほぼ紐と、何かしらに便利だという穴開き下着を選ぶと、リュークは正気を疑うようにサリエを見つめた。

その顔は、服飾店をあとにしたのちも何度も見ることになった。

裏通りに建つ怪しげな店――毒々しいピンクの看板に、もっこりとそびえる大きなキノコが描いてある――にサリエが足を踏み入れたときも。

ごちゃごちゃした書棚から、いやらしい描写が満載の官能小説や、裸の男女が絡み合う春画本を手に取ったときも。手錠や鞭《むち》といった用途不明の小物を手当たり次第に掻き集め、買い物籠《かご》に放り込んだときも。

なお、この店の情報はカナリーが教えてくれた。

十六歳まで世俗で暮らしていただけあり、カナリーのこの手の知識は、サリエより断然豊富だった。

『いかがわしいものばかりを集めた、特別なお店があるらしいの。そういうところで買い物したり、恥ずかしい下着を愛用してるところを見せれば、さすがのリュークもサリエに幻滅するんじゃないかしら？』

そう。今回の計画は、名づけるなら「ふしだら大作戦」だ。

ハードルは高かったが、やってみただけのことはある。これまで何をしようとどこ吹く風だったリュークの反応が、露骨に違う。

「そんなものを買い求めるとは、一体どういう風の吹き回しですか」

主従関係を弁《わきま》えているせいか、表立って咎《とが》めはしないものの、

「私だってもう大人だもの。男女のことを知りたいと思うのも当然でしょ？」

とサリエが商品を手に取るたびに、リュークは眉をひそめ、舌打ちしかけ、それを誤魔化すかのように溜息をついた。

（動揺してるっていうより、苛々《いらいら》してる？　つまり、順調に嫌われてるってことよね？）

作戦がようやく功を奏し、サリエはほっとした。

その反面、いつになく険しい顔をしたリュークに近寄りがたいような感情も湧く。

「不機嫌そうだねぇ、兄さん」

ここの店主は前歯の欠けた小柄な老婆で、からかうようにけたけたと笑った。

「こっちの嬢ちゃんは兄さんの恋人だろう？　こんなに色々買い込むってことは、あんたが満足させられてないんじゃないかい？　でっかい図体して、いいお宝も持ってそうなのに、見掛け倒しだねぇ」

（お宝？）

意味がわからず、サリエは首を傾げた。今のリュークは庶民らしい格好をしているのに、高価な宝石か何かを隠し持っているように見えるのだろうか。

「たくさん買ってくれたから、嬢ちゃんにはこれをおまけしてあげようね」

会計台の近くにあった何かを、老婆は買い物袋の中に放り込んだ。ろくに見る暇もなかったが、サリエは「ありがとうございます」と頭を下げた。

その袋を横から奪ったリュークが、平坦な声で告げた。

「用がすんだのなら帰りましょう」

こんな場所には一秒たりとも長居したくないとばかりに、リュークが店を出る。

すでに日は落ちかけて、周囲は薄暗かった。

いつもはサリエの歩調に合わせてくれるリュークが、振り返りもせず前を行くのは、やはり機嫌が悪いのだろう。

（ごめんね。でも、これはリュークのため。あなたに死んでほしくないからなの……）

別れたいと思っているのは自分のくせに、取り残されるのが心細くて、サリエは足早に広い背中を追いかけた。

3 堅物騎士の暴走

午後の日差しが、カーテンごしに柔らかく瞼《まぶた》を撫でる。

まどろみから目覚め、体が楽になっているのを感じたサリエは、寝台に横たわったまま息をついた。

（よかった……熱は下がったみたい）

この日、サリエは非番でもないのに奉仕活動を休んでいた。

いつものように出かけようとしたところ、体の節々が痛み、寒気がしたのだ。

これくらいならなんとかなると馬車に乗り込もうとしたが、異変を察したリュークがサリエの額に触れ、熱があると指摘したため、休まざるをえなくなってしまった。

（ただの微熱なのに、リュークったら過保護なんだから）

これが、例の病の兆《きざ》しであることはわかっていた。この先もじわじわと症状が重くなり、最後には指一本動かせないようになってしまう。

だからこそ、今のうちに少しでも人々の役に立ちたかったのに――と考えていると、扉が外からノックされた。

「ねぇ、サリエ、ちょっといい？　髪が上手くまとまらないの」

顔を覗かせたのはカナリーだった。

今日の彼女はいつものお仕着せではなく、本来の身分にふさわしい、若草色の絹のドレスを纏っていた。

それに合わせて髪を結い上げているのだが、後《おく》れ毛が落ちてくるのが気になるらしく、首の後ろをしきりに撫でている。

「具合が悪いところにごめんね。でも、テオドール様がいらっしゃるまで時間もないし、私にはサリエしか頼る人がいないから……」

「大丈夫。今はもう元気だし」

サリエは安心させるように笑ってみせた。

カナリーも今日は奉仕活動を免除されていた。婚約者であるテオドールが、三カ月ぶりに面会に来る日だからだ。

「よかったらそこに座って。簡単な編み込みでいいなら直せると思う」

「いいの？　ありがとう」

胸を撫で下ろしたカナリーが、書き物机の椅子に座った。鏡台のような洒落たものはないので、サリエはそこに小さな鏡を立てかけ、朝の身支度をしている。

カナリーの背後に立ったサリエは、栗色の髪を一旦解《ほど》き、櫛《くし》で梳《す》きながら話しかけた。

「このドレス、素敵ね。お父様からの贈り物？」

デコルテを大胆に見せる襟ぐりや、アシンメトリーにタックをとったスカートは、最近の流行の型だ。ドレスの色と合わせたのか、小粒なペリドットを連ねたイヤリングとネックレスもきっと高価なものだろう。

「ええ……父は、私が王太子妃になることがとても自慢なの。『お前は不器量だから、殿下に愛想を尽かされないよう見た目だけでも飾り立てておけ』って、贅沢《ぜいたく》なものばかり送ってくるけど。馬子《まご》にも衣装だって、自分でもよくわかってる」

「どうして？　カナリーは色白だから、淡い色がすごく似合うのに」

本心からそう言ったのに、カナリーは黙り込んでいる。

鏡ごしの視線が妙に湿っている気がして戸惑ったとき、カナリーはふいと顔を窓のほうへ向けた。

「あれ、ちゃんと飾ってるのね」

「うん。カナリーが魔除けの置物だって教えてくれたから」

サリエが窓辺に飾っているのは、一週間前、例のいかがわしい店でおまけしてもらった奇妙な木彫りのオブジェだった。

大きさは太さが一寸（三センチ）、長さが六寸（十八センチ）ほど。全体はゆるくカーブしており、先端は蛇の頭を象《かたど》ったような三角錐《さんかくすい》に膨らんでいる。

何に使うものかわからずカナリーに尋ねてみたところ、笑いを堪《こら》えるような反応をして教えてくれた。

『魔除けの一種よ。陽の力を秘めてるものだし、これをご神体として祀《まつ》る地域もあるらしいから、飾っておくといいことがあるんじゃないかしら』と。

「悪いものは外から入ってくるっていうから、窓のそばに置いてみたの。カナリーって物知りね」

「私が物知りっていうより、サリエが……」

そこまで言って、カナリーはくっと笑った。よくわからないが、機嫌が上向いたのならいいことだ。

「ところで、リュークとは最近どうなってるの？」

「それなんだけど、あんまり進展がなくって……」

カナリーの髪を編み込みながら、サリエは肩を落とした。

あれからもサリエは、「ふしだら大作戦」を続行していた。

奉仕活動に向かう馬車の中で――リュークに見せつけなければ意味がなかったので――購入した官能小説を読み込み、初めて知る世界の過激さにくらくらしたり、移動中に文字を読んだせいでゲロゲロしそうになったりしながら、

『この小説、とっても面白かったわ。リュークも読んでみて！』

と、読了本を押しつけた。

破廉恥《はれんち》なオーラが少しでも醸《かも》し出されればと、例の下着も毎日律儀に身に着けている。用を足すたびに紐を解いたり結んだりするのが面倒だし、リュークの懸念どおりにお腹が冷えるしで、たまに腹巻を併用して色気が相殺《そうさい》されている日もあるが。

「私が何をしても、リュークはむっつり黙ってるだけだから……あ、でも、食堂で毎日そばに座るようになったのはどういうことかしら？」

大食い作戦が失敗に終わった日以来、リュークは食事のたびに、サリエの向かいの席に座るようになっていた。

これまで聖女と騎士の机は分かれていたが、厳密な規則ではなく、なんとなくそういう習慣になっていたに過ぎない。最初は周囲もざわついたが、ただ黙々と食事をするだけのリュークに次第に慣れていった。

「サリエがあんなことをしたから、食べ過ぎないように見張ってるんじゃない？　やっぱり男の人は、サリエみたいにほっそりした女の子が好きなのよ」

カナリーの解釈に、そうなのだろうかとサリエは首をひねった。

当人に理由を訊《き》いてみても、

『男連中に囲まれての食事より、サリエの顔を見ながら食べるほうが美味《おい》しいですから』

と、冗談めいたことをにこりともせず言われるだけで、どうにも真意が見えないのだ。

そうこうするうちに、サリエはカナリーの髪をまとめ終えた。真珠の飾りがついたピンを随所に挿し直すと、華やかさが増した。

「ありがとう、サリエ。助かったわ」

「テオドール様によろしくね。もし私のことまで誘ってくださっても、今日は具合が悪いんだって伝えて」

サリエがそう言ったのには理由がある。

面会のたび、テオドールは何かというと、カナリーとサリエの三人で会いたがるのだ。

もともとは彼が手洗いに立った際、裏庭で迷っているところにサリエが行き会ったのがきっかけだ。

道案内をしながら少しだけ言葉を交わしたところ、カナリーの友人だと知られて、

『お礼を兼ねて一緒にお茶をどう？』

と誘われ、断りきれずに同席することになった。

それ以来、彼からはたびたび声をかけられる。婚約者同士の時間を邪魔したくないからと遠慮しても、

『私は口下手だから、テオドール様は退屈なんだと思うの。サリエがいてくれるほうが私も助かるのよ』

とカナリーからも乞われてしまい、二回に一回は付き添う羽目になっていた。

「サリエがいないと、テオドール様はがっかりなさるかもしれないわ。もともとこの婚約は、あの方の意志じゃないんだし……」

カナリーは自嘲気味に呟いた。

「国王夫妻が私を気に入ってくださって、強引にまとめただけの話だもの。本当は私みたいに根暗な女は好みじゃないのよ。今でも一夜限りの恋人がたくさんいるって噂だし、会いにきてくださるのだって、義務だから仕方なくなんだろうし」

「だとしても、カナリーが婚約者だってことに変わりはないわ」

テオドールがたくさんの「おいた」をしていることは事実だろうが、未来の王太子妃に指名された以上、堂々としていればいい。

そもそも、血統や家同士の結びつきを重視する王侯貴族の結婚に、愛情は必須ではない。跡取りさえ儲《もう》けてしまえば、夫婦それぞれが家の外に愛人を持つことも珍しくない。

「ただ……カナリーがつらいなら、結婚を考え直してもいいんじゃない？」

残念ながら、サリエの目から見ても、テオドールはカナリーに誠実だとは思えない。

三人でいるとサリエのほうにばかり話を振ってくるし、滅多にない面会日に、二人きりの時間を大切にしないこと自体どうかと思う。

「できるわけないわ、そんなこと。お父様が絶対に許さない」

カナリーは表情を強張らせ、首を横に振った。

彼女が語る父親像は強権的で、逆らうことなど思いもよらないようだった。

「いいわよね、サリエは。一途に想ってくれるリュークがいて……わざわざ別れる必要なんてないと思うけど」

カナリーが羨《うらや》ましそうに言うとおり、相思相愛の恋人がいる自分は恵まれているように見えるのだろう。

愛情を感じていても、相手のために距離を置かねばならない。その理由を告げるわけにはいかなくて、サリエは押し黙った。

どことなく気まずい空気の中、カナリーが立ち上がる。

「じゃあ行くわ。またあとでね、サリエ」

「うん——いってらっしゃい」

カナリーを見送り、サリエは息をついた。気分を変えたくて、外の空気を吸おうと窓を開けたとき、「あっ！」と声が洩れた。

うっかり肘が触れて、例の置物を窓の外に落としてしまったのだ。

落ちた先は荒れた裏庭で、雑草の陰にまぎれたのか、ここからでは見当たらない。あれが魔除けだと知らない人に拾われれば、ゴミと間違えて捨てられてしまうかもしれない。

（早く取りに行かなくちゃ）

寝間着からいつものお仕着せに着替え、サリエは裏庭に向かった。

そこで出会ったのは、思いがけない人物だった。

「あれ、サリエ？　奇遇だね。今日は奉仕活動の日じゃなかったの？」

「――テオドール様」

さきほどまで人気《ひとけ》のなかった場所に、カナリーに会いにきたはずのテオドールがしゃがみ込んでいたのだ。

しかも彼は、慣れた様子で煙草《たばこ》を吹かしていた。

仕立てのよい綾織《あやおり》の上着と、純白のクラヴァット。

眩しいほどのプラチナブロンドに、人目を惹《ひ》くサファイアブルーの瞳。

見た目は完璧な王子様なのに、やっていることはそこらの不良少年と変わりない。

「ちょっと事情があって、今日はお休みなんです。テオドール様こそ、どうしてここに？

カナリーはもう面会室に向かってますよ」

「そうなんだけど、その前に一服したくてさ。憂鬱な用事の前には、つい吸いたくなっちゃうんだよね」

――憂鬱な用事。

それがカナリーとの面会を指しているのだとわかって、サリエの表情は曇《くも》った。

やはり彼女の言うとおり、テオドールは『義務だから仕方なく』訪れているだけなのか。

「外聞が悪いから、煙草のことは秘密にしといてくれる？」

やれやれとばかりに立ち上がった彼が、地面に落とした煙草を靴の裏で踏みにじった。

「そういえば、サリエと初めて会ったのもこのあたりだったね。道に迷ったって言ったけど、実はあのときも煙草を吸いにきてたんだ。――で、サリエは何しにきたの？」

「実は落とし物をしてしまって」

「落とし物って、もしかしてこれ？　さっき踏んづけて転びそうになっちゃったよ」

テオドールが上着のポケットから取り出したのは、まさにサリエの探し物だった。

「テオドール様が拾ってくださったんですね。ありがとうございます」

「えっ、ほんとに君のなの!?　――ふぅん、そうなんだ。へぇえ……」

テオドールの目が細められ、口元がにやりと弧を描いた。

「一人遊び用の張形《はりがた》を持ってるなんて、清純そうに見えて、サリエも意外といやらしい子なんだね」

何を言われているのかわからず、サリエは面食らった。

ふしだら大作戦を決行中のリュークに「いやらしい子」と言われるのなら、わかる。

だがテオドールは、最近のサリエが官能小説を読み漁っていることも、今この瞬間、紐のような下着を身に着けていることも知らないはずだ。

しかも彼が口にしたのは、まったく知らない言葉だった。

「ええと、ハリガタっていうのは……？」

「とぼけなくてもいいよ。こんなものを使うくらい、欲求不満なんだろう？」

魔除けの置物を手渡してくれたと思ったら、テオドールはぐいと距離を詰めてきた。

後退るとその分だけ踏み込まれ、建物の壁に背中がぶつかってしまう。

「そんな玩具に頼るより、僕が気持ちいいことしてあげようか？」

耳元に唇を寄せて囁かれ、風邪をひいたときのような悪寒が走った。

「安心して。僕、上手いから。どうせ聖女と結婚しなきゃいけないなら、カナリーよりサリエみたいな子がいいなって前から思ってたんだよね」

「やっ……！」

首筋に舌を這わされ、血の気が引く。官能小説を読み込んでいたおかげで、何をされようとしているのかはさすがにわかった。

「やめてください、私はカナリーの友達なんですよ!?」

「婚約者の友達だからこそ興奮するんだよ。それに、聖女は処女じゃなくなっても力を失うわけじゃないんだよね？」

それは確かにそのとおりなのだった。

聖なる力と処女性には関連があるように思われがちだが、実のところ無関係だ。

神殿で暮らす聖女の中には、貧しい家に生まれ、家族を養うために春をひさいでいたという経歴の娘もいる。還俗前の結婚や出産が許されないのは、単にそのほうがイメージがよく、奉仕活動に専念しやすいという理由に過ぎない。

（だからって、テオドール様とこんなこと……！）

服の上から胸を鷲掴みにされ、サリエは身をよじった。

テオドールはふざけているだけだろうが、たとえ一線を越えないにしても、カナリーに顔向けできないようなことはしたくない。

「いや！　駄目です……！」

テオドールの顔が近づいてきて、サリエは必死に叫んだ。

互いの唇の距離は、あと一寸もないほどだ。このままでは、初めての口づけをテオドールに奪われてしまう。

（唇でのキスなんて、リュークとだってしたことないのに……！）

声にならない悲鳴をあげた、そのときだった。


「――サリエ！」


怒号に近い声で名を呼ばれ、サリエははっとした。

「んぐっ……!?」

呻き声をあげたテオドールの背後に、リュークが立っていた。

よく見れば、その手はテオドールの服の襟をがっしと摑んでいる。容赦のない力で引き剝がされ、首の絞まったテオドールが手足をじたばたさせた。

「リューク、駄目！」

慌てて叫んだが、リュークの目は完全に据わっており、聞く耳を持つ様子はない。

いくら王太子といえど、サリエに狼藉《ろうぜき》を働いたテオドールを許す気がないのは明らかだった。

「駄目だったら、本当にやめて！」

思わず振り上げた手には、例の置物を握ったままだった。テオドールが「ハリガタ」とかなんとか呼んでいた代物だ。

それを目にした瞬間、リュークが息を呑む。

「……なんてものを持っているんですか」

その手から力が抜け、テオドールが膝をついて咳き込んだ。すんでのところで窒息だけは免《まぬか》れたようだ。

ほっとした瞬間、サリエはきな臭い匂いを嗅いだ。

パチパチと何かが弾けるような音もして、振り返ると同時に驚愕する。

「えっ、火事――!?」

さきほどテオドールがしゃがみ込んでいた場所から、煙が上がっていた。煙草の火が消しきれておらず、枯れ草に引火したのだろう。

「うわっ、うわわわわ、これ僕のせい!?」

泡を食うテオドールに、リュークは端的に命じた。

「上着を脱いでください」

「え?」

「いいから早く!」

圧の強い声に、テオドールはわたわたと上着を脱いだ。受け取ったそれを、リュークが火元にばさばさと叩きつける。

「あぁ、その服、僕のお気に入りだったのに……」

泣き言を洩らすテオドールの目の前で、炎は次第に小さくなっていった。焦げた上着を投げ捨てたリュークは、念を入れるように地面を踏みならして消火を終えた。

ともあれ、小火《ぼや》のうちに消し止められて幸いだった。すっかりしゅんとしたテオドールに、サリエは小声で言った。

「行ってください、テオドール様。カナリーが待っていますから」

「ほんとにごめん。カナリーや神殿長には、このことは――」

「言いません。だからテオドール様も、余計なことは話さないでくださいね」

火事のことも、自分に手を出そうとした件も含めて、何もなかったことにする。

カナリーを傷つけないためには、それが最善だろうとサリエは思った。これに懲《こ》りて、少しは不品行を改めてくれればいいのだが。

「ありがとう、恩に着るよ」

顔の前で両手を合わせ、テオドールは逃げるように立ち去った。

リュークと二人きりになったサリエは、宿題を忘れてしまった生徒のような気持ちで彼に向き直った。

「ええと、リューク……あのね……」

「説明してください」

リュークは言った。

まさにこれから事情を話そうとしていたのに——という言い訳も許さないような、冷たい瞳だった。

「煙が上がっているのを見つけて、駆けつけてみればこの有様です。一体どうして、あんな色欲王子に好きにされようとしていたんです？」

◆　◆　◆

「ちょっ……ちょっと待って！　リュークったら、どこに行くの？」

サリエは混乱していた。

一連の事情——置物を落としてしまい、それを拾ったテオドールが妙なことを口走って迫ってきた——を告げるうちに、リュークの眉間には彫刻刀でごりごりと刻んだような皺が生じた。

すべてを聞き終えた彼はサリエの手首を摑むと、宿舎とは逆の方角に歩き出した。一方的に引きずられるサリエは、転ばないようについていくのが精一杯だ。

やがて辿り着いたのは、裏庭の隅にある古い小屋だった。

庭師が、脚立や枝切り鋏《ばさみ》などをしまっておく物置だ。リュークに強引に背中を押され、埃《ほこり》っぽい内部に足を踏み入れる。

扉が閉じると途端に暗くなり、明かりといえば、壁の破れ目から射し込む細い光の筋だけになった。

「どうしてこんな場所に……」

「いい加減、釘を刺しておく必要があるからです」

だんっ！　と音を立てて、リュークが奥まった壁に両手をついた。

彼の腕の間に閉じ込められたサリエは、どこにも逃げられない格好だ。

「俺の前でなら、ふしだらな本を読むのもいいです。その淫具で夜な夜な一人遊びをしていたところで、俺には止める権利もありません。ですが、それをあんな男に悟らせてはいけなかった。サリエが不埒な目で見られ、欲望の対象にされるだなんて――」

「イング？」

サリエは困惑した。

さっきから握りしめているこの置物のことだろうが、テオドールは「ハリガタ」と言うし、リュークは「イング」と呼ぶしで、正式な名称がわからない。

わかるのは、どうやらこれがただの魔除けではないらしいということだけだ。

「ごめん、リューク。私、何か勘違いしてたか、も……っ――!?」

リュークの顔が至近距離に迫り、サリエはびくっとした。

驚いた拍子に落とした置物が、床の上でごとんと鈍い音を立てた。

「あの王子にどこまで許しましたか？」

「どこまでって？」

「唇を奪われた？　体に触れられて快楽を覚えたんですか？」

高い位置から睨《ね》めつけられ、サリエは改めてぞっとした。

怒っている。

不埒な真似をしたテオドールにもだが、もしかするとそれ以上に、リュークはサリエの無防備さに怒っているのだ。

「何もされてないわ。ただ、ちょっと胸を触られただけ……」

「――『だけ』？」

声がいっそう低くなり、サリエは硬直した。

サリエの胸の膨らみに、リュークの指が無遠慮に食い込んだのだ。

「あなたにとっては『触られただけ』なんでしょう。だったら、俺が同じことをしても構わないはずだ」

「っ……やめて……！」

テオドールよりも余裕のない、乱暴な手つきで揉み立てられる。

これは本当に、自分の知る真面目なリュークだろうか。

もしかして自分は、彼の本性など半分もわかっていなかったのかもしれない。

「んあっ……！」

今やリュークの手は、胸の中心を捉えて捏《こ》ね回し始めていた。

親指と人差し指できゅっと潰され、糸を撚《よ》るように刺激されると、感じたことのない感覚が湧き上がる。

乳房の芯が勝手に凝《こご》って、腰のあたりがぞわぞわして――もしかしてこれが、快楽を覚えるということなのか。

「……あっ、ん……、ひぁぁっ……」

「こんなに愛らしい声を、あの王子にも聞かせたんですか？」

想像するだけで耐え難《がた》いとばかりに、リュークの表情が歪んだ。

そのまま彼は、サリエの唇に噛みつくように口づけた。

「んん、っ……！」

【一周目】の最期でも、彼はサリエにキスをした。

けれどこれは、あのときの重ねるだけのものとは違う。

鉄に似た血の味がしない代わりに、唇を割って熱い舌がねじ込まれた。

逃げる舌に舌を絡められ、貪るように強く吸われた。

獰猛《どうもう》な仕種で上顎を撫でられ、鼻にかかった息が洩れる。

「う……ふぁ、――……ん……っ」

「……あなたを大切にしたかった」

激しいキスをしながら、息継ぎの合間にリュークは言った。

「誰にも触れさせないどころか、俺自身の欲望からも遠ざけておきたかったのに……ほんの少し目を離しただけで、あんなことになるくらいなら……」

貫くような眼差しに、サリエは立っていられないほどぞくぞくした。

今のリュークを支配しているのは、怒りだけではない。嫉妬《しっと》だ。

サリエが自分以外の男に体を触れさせたことに、騎士としてあるまじき行為に及ぶほど激昂《げっこう》している。

それは彼が自分を愛しているからで――怯える反面、サリエは嬉しかった。

リュークに嫌われなければいけないのに、泣きたいほど嬉しいと思ってしまった。

（私に触れたいとか、キスしたいとか、リュークも思ってくれてたんだ……――）

とはいえ、感動していられたのはそこまでだった。

「これ以上、もう我慢はしません」

宣言したリュークの手がスカートをたくし上げ、内腿をざらりと撫で上げる。

「っ、待って!?」

テオドールにだってそこまでのことはされていない。

狼狽するうちに、リュークの手は腰骨に到達した。色気ゼロの腹巻をしていなかったのは幸いだが、例の「ほぼ紐」な下着を着けていることが、誤魔化しようもなくばれてしまった。

「なるほど、これは脱がしやすいですね」

皮肉っぽく笑ったリュークが、結び目をするりと解《ほど》く。逆側も同様にされて、あられもない紫の布切れがふぁさっ――と儚く舞い落ちた。

隠すもののなくなった場所を、リュークの掌が這い回る。

薄く生えた和毛《にこげ》をくすぐったかと思ったら、ふっくらとした恥丘《ちきゅう》をまさぐり、その中心にまで指を伸ばしてきた。

「だ……だめぇっ……！」

秘口の際《きわ》に触れられて、サリエは情けない悲鳴をあげた。

「何が駄目なんです？　あんな本を熱心に読み耽るくらいなのだから、本当はこういうことに興味があったんでしょう？」

言いながら、媚肉《びにく》の狭間を指先でくちくちと弄《いじ》られる。

「俺だって、ずっとこうしたかった——サリエは純真で何も知らないと思っていたから、欲望を抑えていただけだ」

「っ……!?」

狙いが完全に外れたことをサリエは知った。

サリエが官能小説を熟読していたのは、ふしだらになった自分に、リュークが幻滅するだろうと思ったからだ。

まさかそれが逆効果で、彼の劣情を煽ってしまっていたなんて。

「ん、やぁっ……!?」

リュークの指が、体内につぷりと浅く埋まった。

異物感で強張る隘路《あいろ》に、リュークはゆっくりと指を抜き差しした。

ひどくされるかと思ったのに、意外にも優しい手つきで、だからこそ困惑してしまう。

ひと撫でごとに蜜路がさざめき、下腹部にじりじりと熱が溜まった。

「んっ……はぁぅっ……」

「濡れてきましたね」

びくびくと体を震わせるサリエに、リュークが唇を吊り上げた。

「あなたのここから蜜が湧いてる。気持ちいい、もっと弄ってほしい……と俺の指を歓迎してくれてるんですよ」

「か、歓迎だなんて——……ぁあんっ！」

お腹側の媚壁をぐりっと抉《えぐ》られ、サリエは高い声を放った。

そこを執拗に刺激されると、切羽詰まった衝動が込み上がる。

体の内側がきゅっと締まる感覚と、すべてがだらしなく緩んでしまう真逆の感覚が、交互に押し寄せてくる。

「あっ、あっ、ああ……やだぁ……！」

喘ぎながら反らした喉にも、リュークはキスした。

軽く嚙まれ、歯型の残った場所をねっとりと舐められ、くすぐったさの中から立ち上がる快感に肌が粟立《あわだ》つ。

未知の変化が怖くて、サリエはリュークの肩を摑んだ。すがりついているのか押し返そうとしているのか、自分でもわからなかった。

「も、だめ……だめ……あっ……」

もはや立っていられず、サリエはずるずると床にしゃがみ込んでしまった。

涙目で息をつくサリエの肩を、リュークが摑んで押し倒す。埃と砂利《じゃり》でざらつく床に、長い銀髪が広がった。

「初めてがこんな場所で申し訳ありません」

口ではそう謝りながら、やめる気は一切ないらしい。

のしかかってきたリュークが、サリエの膝を割った。スカートは臍の上までめくられ、哀れに剝かれた下半身が晒される格好になってしまう。

「見ないで……！」

暴れる両脚は腿の裏を押し上げられて固定された。

自分でもどんな構造になっているのか確かめたことのない場所に、リュークの視線がまじまじと注がれるのを感じた。

「ああ……やっぱり濡れてます」

安堵したようにリュークは言った。

「こうしてる今も、綺麗な場所から蜜が滲んで……ほら、こんなに垂れてきた」

会陰《えいん》をとろりと伝う愛液を、リュークの中指がすくい取った。

直後、サリエは驚愕に目を瞠った。

あろうことかリュークは濡れた指の匂いを嗅ぎ、躊躇《ためら》いもなく口に含んでみせたのだ。

「何してるの!?　そんな、汚い……っ」

「サリエはどこも汚くない。汚れているのは俺のほうです」

リュークの指と舌の間に、つぅっ――と透明な糸が引かれた。

「無邪気に笑うあなたの顔を、快楽に歪ませたい。大事な場所の奥の奥まで、俺の精をどろどろにぶちまけて穢《けが》したい……毎晩そんなことばかり考えて、自分を慰めていたんです。知らなかったでしょう?」

「っ……」

動揺に襲われるサリエを、リュークの黒い目が見つめている。

それはまるで、果ての見えない暗い洞《うろ》のようだった。

「知ってください、本当の俺を。俺も、あなたの全部を知りたい――五感のすべてで感じたい」

言うなり、リュークはサリエの股座《またぐら》に顔を埋めた。

ぬらりとした舌がある一点を這い、同時にじゅっと吸い上げられて、そこにある「何か」のことを、サリエは生まれて初めて意識した。

「ひぁぁあっ……!」

れろれろと舐められるごとに、「何か」の輪郭ははっきりしていく。

唇で挟まれ、舌先で執拗に弾かれて、充血しながら尖っていくのだ。

「ぁぁん、やめ……ぁ……そこぉ……っ！」

サリエの意思を裏切って、無垢《むく》な花芽は強制的に目覚めさせられようとしていた。

快感を拾うこと以外の存在意義を持たない器官が、本来の役割を果たすべく肥大していくのを止められない。

「ほら。サリエの可愛らしいところが、ようやく顔を出してくれました」

視線を上げたリュークが、これみよがしに突起を摘んでみせるものだから、サリエはがくがくと下肢を揺らした。

「見えますか？　食べ頃の苺《いちご》のような色で、とても美味しそうです」

「やだ……も、舐めないでぇ……！」

なおも続けられる舌戯《ぜつぎ》に、サリエはなすすべもなく泣きじゃくる。

リュークの頭を押しやろうと髪を摑むが、蜜口に舌をねじ込まれて、呆気なく力が抜けた。

「っ、ぁぁああ……！」

ちゅぷちゅぷと卑猥な音が立ち、尖らせた舌が抜き差しされる。彼の唾液と自分の愛液がとめどなく垂れて、お尻の下までどろどろだ。

「中をぐりぐりされるのが好きですか？　それとも、さっきのようにクリトリスを舐めるほうがいいですか？」

舌を躍《おど》らせながら問われても、答えられるわけがない。陰核を意味するその言葉すら、耳にするのは初めてなのだ。

小さな蛇が体内に出入りするような感覚に悶《もだ》えていると、リュークは恐ろしいことを囁いた。

「サリエの好きなことは全部覚えますから、教えてください。――これから何度だってこうするんですから」

蜜洞《みつほら》に舌が埋まったまま、鼻の先で秘玉《ひぎょく》を押し潰されて、耐えられる限界を超えた。

脳天を突き抜ける甘美な衝撃が、稲妻のようにびりびりとサリエを打ちのめす。

「うぁ、ひっ……や、っぁあああ――……っ！」

視界がちかちかする中、サリエの両脚が突っ張り、腰が浮いた。

髪を振り乱し、はぁはぁと胸を上下させるサリエを、リュークは満足そうに見下ろした。

「達《い》くときの声まで、あなたは可愛らしいな……」

「い……く……？」

「気持ちがよかったんでしょう？　自分が自分でなくなりそうなくらいに」

快感の余韻にぼうっとするサリエは、どこかで油断していた。

この小屋に入ったとき、『いい加減、釘を刺しておく必要があるからです』とリュークは言った。

隙だらけの態度に対するおしおきなら、もう充分なはずだ。男の欲望をむやみに煽るとどういう目に遭うのかは、これでもかというほど理解した。

本当は優しいリュークだから、これ以上ひどいことはしないはず――そんな信頼は、彼が騎士服の上着を脱ぎ出した瞬間にぐらりと揺らいだ。

「え……リューク……？」

「はい」

呼ばれたから返事をする。

主《あるじ》に仕える騎士として返事をする。

忠実なその声音は変わらないまま、リュークは金属の留め具を鳴らし、ズボンに通したベルトを当たり前のように抜き取った。

「嘘、よね……だって私たち、ずっと……」

【一周目】の人生でも、決して一線は越えなかった――そう言いかけて、サリエははっと口をつぐんだ。

死に戻りの件については秘密だったと思い直したこともあるが、リュークが露出させた男性自身に目を奪われてしまったからだ。

（何これ……こんなに大きなものが、どうやってズボンの中に収まってたの？）

引き締まった下腹部から生えた、赤黒い肉の楔《くさび》。

隆々と伸びて反り返り、先端は嵩張《かさば》って左右に張り出している。先端でひくつく小さな孔《あな》は、まるで生き物の口吻《こうふん》のようだ。

怖いもの見たさで凝視したのち、サリエは気づいた。

これに似た形のものに、自分は覚えがある。

視線を横に向ければ、それは床の上に転がっていた。

カナリーに魔除けだと教えられた、木彫りの置物――あれは今のように隆起した男性器を模したものだったのだ。

（確かに、陽の力を秘めてはいるんだろうけど……！）

遥か東方の国では、男性を陽、女性を陰とする思想が広まっているという。

カナリーの説明は間違いではないのだろうが、決して正しくもない。からかわれたのだろうかと混乱していると、リュークが言った。

「比べているんですか？　俺のこれと作り物のそれと、どちらが立派か」

「そうじゃなくて……っ」

「あなたの期待に応《こた》えられる代物かどうか、よくご覧になってください」

違うと言っているのに、リュークは見せつけるように屹立《きつりつ》したものを扱《しご》いた。

偽物のそれよりもひと回りは大きい肉塊に、サリエは固唾《かたず》を呑んだ。

あれを女性の体に挿入するのが性行為なのだということは、官能小説を読み込んだから知っている。

だが、具体的な大きさまでは、サリエの読んだ本には書かれていなかった。

(入るの？　あんなとんでもないものが本当に？)

リュークの指一本だけでも苦しかったことを思い出し、絶対に無理だと怯《ひる》んでしまう。

「サリエ。俺はただ、あなたにわかってほしいんです」

怯えるサリエに、リュークは切々と訴えた。

「俺がどんなにサリエを愛しているか、あなたなしでは生きていけないと思っているか――今度こそ、後悔しないように」

(……『今度こそ』？)

意識にひっかかった呟きについて考える間もなく、熱いものがあてがわれ、秘裂の上でゆるやかに前後した。

愛液を塗り広げて慣らすようにも、観念しろと言い聞かせるようにも思える動きだった。

狼が獲物に噛みつく寸前のような、獰猛な視線にぞくりとする。

「どうか俺のものになってください」

「いや……いや、待って……――ぁあああっ!?」

みちみちと、肉ばかりか骨まで軋む感覚とともにリュークが侵入してきた。

入ったのはほんの先端でしかなかったが、生々しい圧迫感に慄然《りつぜん》とする。

子供の拳を突きこまれているような、内部をめりめりと広げられる痛みに、できるものなら意識を飛ばしてしまいたかった。

「いた……ぁっ、痛い……抜いて……」

「一人遊びをしていた割には狭いですね」

よくわからないことをリュークは言った。

閉ざされた鍵穴を強引にこじ開けるように、切っ先でぐちぐちと揺さぶってくる。

「一番太いところを過ぎたら楽になります。――もうすぐですよ」

「かは、っ……!」

ぶつんっ――と処女膜が千切れる衝撃に、眼裏《まなうら》が赤く染まり、空気の塊が喉から洩れた。

サリエの顔色は今や真っ白だった。

痛みを通り越し、局部は痺れてじんじんしている。

とてつもなく大きな――体感的には薪《たきぎ》のように太いものが股の間に食い込んで、骨盤がずれてしまった気さえした。

冷や汗に濡れたこめかみに張りつく髪を、リュークがそっと掻きやった。

「痛いですか?」

「あ……当たり前、じゃない……っ」

サリエは泣きの入った声で訴えた。

以前のリュークなら、ここですぐさま謝るはずだった。取り返しのつかない疵《きず》を負わせた罪悪感で、地面に這いつくばって詫びても不思議ではなかった。

なのに、今日の彼はまるで別人で。

「その痛みを忘れないでくださいね。――あなたが俺のものになった証ですから」

リュークの手が胸元にかかり、ドレスとシュミーズを重ねて引き裂いた。びりびりと破られた裂け目から、年齢相応に育った乳房がふたつともにまろび出る。

「痛みが和らぐまで、こちらを可愛がってあげますよ」

「やめて……！」

剝き出しの双丘を摑まれ、サリエは顔を背《そむ》けた。

さきほどは衣服ごしだったが、今は彼の体温が直に伝わる。

剣の鍛錬《たんれん》を欠かさない掌には硬くざらついた部分があり、ちょうどそこが乳首に当たる形で、柔らかな肉を好き勝手に捏ねられた。

「ここも弄ってほしそうだ……吸ってもいいですか？」

見る間につんと尖っていく頂に、リュークが気づかないわけがなかった。

サリエが必死に首を横に振るのを、彼は見ていなかった。

もとより、同意を得るための問いかけではなかった。この場の支配者がリュークである以上、彼がしたいことを告げる以上の意味はないのだ。

「ん……ぁ、いや……」

乳房の裾野に当てられた舌が、緩慢に肌を遡る。

乳暈《にゅううん》に達したところでふっと息を吹きかけられ、身を震わせた直後、朱鷺《とき》色《いろ》に染まったそこを唇に含まれた。

「っ、ん！」

口の中でちゅくちゅくと、甘噛みと吸引を繰り返される。

逆の乳首は摘んで引っ張ったかと思えば、指先でこりこりと捏ねくり回され、切ない疼きが腰の奥にまで積もっていった。

「や……いやなの、やめて……やぁあ……」

下半身で繋がったまま乳首をしゃぶられていると、お腹の内側がどろどろに溶けていく気がした。

全身のどこにも力が入らないのに、リュークを咥《くわ》え込んだ花筒《はなづつ》だけは、きゅうきゅうと独《ひと》りでに雄茎を締めつける。

「あなたの中がどんどん熱くなる……そろそろ動いてもいいですか？」

「やだ……や、待って――っ……！」

ずぐんっ！　と中を擦られ、声が裏返った。

挿入だけでもいっぱいいっぱいなところから、さらに深い奥を抉られ、本当に壊されてしまうかと思った。

「……や、ぁあ……無理、きついぃ……」

「申し訳ないですが慣れてください。これ以上大きくなることはあっても、小さくなることはありませんから」

「ひぁうっ……！」

掴まれた腰を一気に引き下げられて、肉鉾の根本までが完全に埋まった。

一分の隙もなく押し広げられる感覚に、眩暈がする。そのまま小刻みに腰を揺らされ、子宮の入り口に亀頭がこつこつと当たった。

「いっ、ぁあ……そこ、変っ……」

「教えてくれて助かります。サリエの好きな場所はここなんですね」

「ちがっ……——ぅあ、やだ、もういやぁあああ……！」

嫌だと訴えているのに届かない。

通じるはずの言葉が通じない。

何より恐ろしいのは、これほど無体な目に遭わされながら、彼に犯される場所が埋《うず》み火に似た熱を孕《はら》み始めていることだった。

最奥をごりごりと突かれるたびに、快感で内臓が粟立つ。甘やかに蕩《とろ》ける内部に誘われ、リュークも次第に大胆になる。

「は……そんなに纏わりつかれたら、たまらない……っ」

深く入り込んだまま揺さぶる動きが、腰を引いて打ちつける抽挿《ちゅうそう》に変わった。

ぐちゅぐちゅと淫らな水音を立てながら、いきり勃《た》ったものがサリエの中を思うがままに掻き乱す。

「ああぁっ、だめ、だめ……いやぁ……！」

自分でも信じられなかった。

初めは痛みしかなかったのに、リュークに抱き込まれて雄杭を穿《うが》たれていると、神経のすみずみまでが快楽に染まっていく。

ずっぷずっぷと大きく往復されるうち、陰核がぶわっと膨張する感覚に襲われ、サリエは再び極みに昇りつめてしまった。

「ああ、う……はぁぁあん――……っ！」

「もしかして、また達きました？」

ぶるぶると震える太腿を眺めて、リュークが笑った。

胎《はら》の奥で何かが弾け、天地すらわからなくなる快楽のことをそう呼ぶのだとすれば。

「い……った……今、いったの……いっちゃったから、もうやめてぇ……っ」

正直に白状すればやめてもらえると考えたのは甘すぎた。

必死の懇願も虚しく、リュークはいっそう強く腰を叩きつけてきたのだ。達したばかりの媚肉をぐちゃぐちゃにされて、サリエは再び喜悦の渦に突き落とされる。

「どうしてっ……あっ、あっ……また来る……いく……っ！」

「……サリエの中がぎゅうぎゅううねって、俺を搾《しぼ》り上げてきて……気持ちよすぎるから、やめられないんですよ……っ」

切れ切れの声とともに最奥を捏ねられ、亀頭をぐいぐいと押しつけられる。

終わらない責め苦に、幾度となく忘我の境地に押し上げられて、本当におかしくなりそうだった。

「好きです、サリエ、愛しています……わかりますか？　これで伝わった……？」

狂おしい囁きが耳をも犯す。

サリエの知る愛情とはもっと穏やかで、自分よりも相手の心を尊重する思いやりのことだった。少なくとも、【一周目】のリュークはそんな愛し方をしてくれていたし、サリエ自身もそうありたいと思っていた。

だから、変貌した彼の行為を「愛」だと言われても、すぐには呑み込めない。

けれど、ここで否定すればもっとしつこく、それこそ死の淵を見るほどに抱き潰されてしまうに違いなかった。

「……わか、った……わかった、から……」

ひんひんと仔犬のように啼《な》き、サリエは無我夢中で頷いた。

膣壁をこそぐように剛直を抜き差しされ、思考が塗り潰されていく。臍の裏をぢゅぶぢゅぶと抉られる動きがたまらなくて、何度目とも知れない絶頂に飛んだ。

同時に、リュークが喉の奥で低く呻く。

眉根を寄せ、目尻を下げた苦しげな表情で、息を激しく弾ませた。

「っ、出る……出します……あなたの、中に……っ」

(出す？　それって、もしかして――)

何を言われているのか察したときには、遅すぎた。

サリエの肩を押さえつけたリュークが、これまでの抽挿は戯れに過ぎなかったとばかりに、がつがつと腰を振り立ててくる。じゅぽじゅぽじゅぶじゅぶと、性器同士が擦れる卑猥な音が止まらない。

「っ、だめ！　中はだめぇぇっ……！」

子種を注ぐための猛攻に、サリエは必死に抵抗しようとした。

新たな命を授かったところで、自分はいずれ死ぬ身だ。なんの罪もない子供を巻き添えにはさせられない。

分厚い胸を押しやっても、爪を立てても、リュークはいっこうに頓着《とんちゃく》しなかった。

サリエの手首を摑んで床に押しつけ、顔を近づけながら囁く。

「赤ん坊ができるならできればいい。あなたとその子を、俺は命に代えても守るから」

「ん……んーっ、ふ……っ！」

ただでさえ息も絶え絶えだというのに、また唇を塞がれた。

そのままずちゅずちゅと雄芯を出し入れされ、悲鳴とも嬌声《きょうせい》ともつかない叫びはリュークにすべて呑み込まれる。

刻一刻と快感の圧が高まり、次に絶頂を迎えたら体がばらばらになってしまう——と思った瞬間、リュークの肉棒がびくびくと跳ねた。

「サリエ……サリエ……受け止めてください、俺の全部を……！」

「あぁあ、あっ……だめなの、いやぁぁあっ——……！」

子宮口目がけて迸《ほとばし》る精の放出は、一瞬では終わらなかった。

引いたかと思えば繰り返し押し寄せる津波のように、サリエもめくるめく恍惚《こうこつ》に巻き込まれる。

少しでも多くの子種を注ぎ込むべく、リュークは白濁を放ちながら、ぬるぬるしたものを塗り込めるように雄茎を擦りつけた。

長い長い痙攣のあと、サリエを抱きしめる腕の力がわずかに緩む。

ぐったりしたサリエを覗き込み、リュークはかすれた声で呟いた。

「やっと……やっと、夢が叶った……もう俺しか見ないと、約束してくれますか……？」

乞うように尋ねられ、サリエは朦朧《もうろう》と彼を見返した。

リュークがこれほどの激情を隠していたことを、自分は何も知らなかった。

いや——隠していたのではなく、彼は隠してくれていたのだ。

ありのままの欲望をぶつければ、サリエを怖がらせるとわかっていたから。

(私だって、できるならリュークの気持ちに応えたい……)

心の準備ができていなかったとはいえ、愛する恋人に抱かれたのだから、本来なら嬉しいと思ってもいいはずだった。

最初こそ痛かったが、快感を覚えたのは相手がリュークだったからだ。取り繕わない彼の本心に、初めて触れられた喜びもあるにはあった。

それでも。

「……無理よ」

サリエは目を伏せてそう告げた。

リュークに嫌われるための行動がことごとく無意味に終わった以上、はっきりとけじめをつけるしかなかった。

「リュークにこんなことをされるなんて思わなかった。信頼できない人と、これ以上一緒にはいられない。……悪いけど、騎士を退任してもらえる?」

ついに言えた。——言ってしまった。

リュークの反応を見られないでいると、返ってきたのは意外にも静かな声だった。

「そうですか」

（……わかってくれたの？）

こんなに簡単に引き下がられるとは思わなかった。

閉じた手を自ら開いたのに、あっという間に零れ落ちていく砂を惜しむような気持ちでリュークを見上げる。

瞬間、サリエは目を疑った。

「それくらいの反応を予想しないで、俺がこんなことをしたとでも？」

苦悩するでもなく、悄然《しょうぜん》とするでもなく、リュークは笑っていた。

嬉しそうにというよりも、詮《せん》の無いことを言い出すサリエを憐れむように。

「あなたに蔑《さげす》まれることくらい百も承知ですし、どう思われようと関係ない。俺が望むことは、サリエの世界に俺以外存在しなくなることですから」

「んぐ、っ……!?」

繋がったままの腰を再び打ちつけられ、息が詰まった。

たっぷりと吐精したはずのものは、微塵《みじん》も萎《な》えていなかった。膝裏を押し上げられ、ぬかるんだ場所を掻き回されて、混ざり合った互いの体液がどぷりと溢れてきた。

「や……嘘でしょ、また……!?」

「何度だってできますよ。少なくとも、あなたの意識が飛ぶまでは」

その言葉がまったくの誇張でないことを、サリエは身をもって知ることになる。

小屋の外で日が落ちて、周囲が完全な闇に沈んでも、リュークは延々とサリエを犯し、無尽蔵の精力を見せつけた。

「助けて……もう、許して……おねがい……──」

「まだ俺から逃げられると思っているんですか?」

精も根も尽き果て、とうとう意識を飛ばすサリエに、リュークは怖いほど優しく囁いた。

眦《まなじり》に浮かんだ涙を舐め取り、極上の甘露を味わうかのように陶然《とうぜん》として。

「残念。とっくに手遅れなんですよ」

──と。

4　恋人たちの過去

『あなたを一生守らせてください』

その言葉を聞いたときの感情を、サリエは鮮明に覚えている。

遡ること、およそ二年近く前。

神殿騎士となったリュークと再会し、数カ月が過ぎた頃のことだ。

◆　◆　◆

「お願い、停まって！　聖女様に頼みがあるんだ！」

奉仕活動を終えた帰り道、馬車の前に両手を広げた子供が飛び出してきた。

突然のことに驚いた馬が、後脚立って嘶《いなな》く。危うく轢《ひ》いてしまうところだったと、御者が青筋を立てて子供を怒鳴りつけた。

「大丈夫ですか、サリエ様？」

急停止の衝撃で座席から放り出されそうになったサリエを、リュークがすかさず抱き留める。

この頃の彼はまだ、サリエのことを敬称付けで呼んでいた。

「大丈夫よ。とりあえず、あの子の話を聞いてくるわ」

外に出てみると、御者に叱られていたのは十歳ほどの男の子だった。

顔も手足も薄汚れており、前歯は欠けて黄ばんでいる。木枯らしの吹く季節だというのに着ている服は半袖で、先の割れた靴から足の指が覗いていた。

「危なかったわね、怪我はない？」

サリエが近づくと、少年は息せき切って尋ねた。

「あんたが聖女様？　怪我や病気を治せる人？」

「ええ、そうだけど……」

「すぐに来て！　俺の母さんが死にそうなんだ！」

サリエの腕にしがみつこうとした少年は、すんでのところでたたらを踏んだ。

彼とサリエの間にリュークが割り込み、巨大な壁のように立ち塞がったからだ。

「下がれ。お前のような子供が、気安く触れていい方じゃない」

「リュークったら、そんなに怖がらせないで」

威圧されて固まる少年に、サリエは慌てて笑顔を向けた。

大柄で腰に剣を佩《は》いたリュークは、子供からすれば黙っていても怖いだろうに、睨むように見下ろせばなおさらだ。

「落ち着いて話して。あなたのお母さんがどうしたの？」

「あ、赤ん坊が生まれそうで生まれなくて……いつも大体この時間に、聖女様を乗せた馬車が通るって聞いたから……」

少年の説明によれば、彼の母親がひどい難産で死にかけているとのことだった。

暮らしているのはスラムと呼ばれる貧民街で、父親は借金を作って失踪し、産婆を頼む金もなかったらしい。

「わかった。行くわ」

サリエはすぐに頷いた。

出産の立ち会い経験はなかったが、ひどい出血を起こしているなら破れた血管を塞ぐなどして、自分の力でもどうにかなるかもしれない。

「いけません、サリエ様」

リュークの立場からすれば、そう言うしかないことはわかっていた。

決まった派遣先以外では、やみくもに力を使うべからずというのが神殿の方針だ。望まれるままに施しを与えていてはきりがないし、この少年からは寄進も期待できない。

何よりスラムは不衛生だし、治安が悪い。そんな場所にサリエを行かせたくない——

リュークの本音は、むしろこっちだろう。

「でもこの子は、お母さんのためにこんなに一生懸命なのよ」

その言葉にリュークは黙った。

母一人子一人で、その母が死に瀕《ひん》しているという状況に、かつての自分を思い出したのかもしれない。

「……あまり遅くならないうちに帰りますよ」

結局のところ、リュークはサリエに甘いのだった。御者にはしばらく待つよう言い含め、少年に先導されるサリエの後をついていく。

裏通りを進むと、深窓育ちのサリエが初めて目にする猥雑《わいざつ》な界隈が現れた。

未舗装《みほそう》の地面に建ち並ぶのは、廃材で造った小屋や、煮しめたような色の洗濯物が窓辺にはためく集合住宅だ。店といえば大抵は酒場や娼館《しょうかん》の類《たぐい》で、日暮れ前から出入りする男たちは一様にくたびれた風体《ふうてい》をしていた。

陽の差さない入り組んだ道では、嗅いだことのない匂いがした。

生ゴミの腐臭と、野良犬の糞《ふん》が放つ悪臭。道端でうずくまる老人の饐《す》えた体臭に、誰かが暖を取ろうと火を焚いたのか、燃え残った煤《すす》の焦げ臭さ。

自分から行くと言い出したものの、すれ違う住人たちの不躾《ぶしつけ》な態度に、サリエはさっそく困惑した。

「おいおい、迷子か？　毛並みのいいお嬢ちゃんが、こんなゴミ溜めに何の用だぁ？」

「身売りに来たなら、そこの【夜啼き猫】って店がオススメだぜ。一時間で五百ルバー。このへんじゃ一番の高級娼館だ」

下卑たからかいと服の下まで見透かすような視線に、嫌悪感で肌がぞわぞわする。

そんな男たちも、リュークが牽制《けんせい》の一瞥《いちべつ》をくれるとぎくりとし、手にした酒瓶をラッパ飲みしたり、舌打ちして立ち去ったりと、それ以上絡んでくることはなかった。

そんな中、ふいに明るい声が響く。

「じゃあね。楽しかったわ、また来てねぇ！」

【夜啼き猫】の看板が下がった娼館の入り口で、しどけないスリップドレス姿の女性が男性客を見送っていた。

豊かな赤毛と勝気そうな緑の瞳が、陰鬱なこの界隈では太陽のように明るく見える。

その彼女がふいにこちらを振り返り、大声をあげた。

「えっ、もしかしてリュークじゃない!?　覚えてる？　あたしよ。昔、隣に住んでた」

「……ミレイア？」

リュークが目を瞬《しばた》いた。

ミレイアと呼ばれた女性は顔を輝かせ、嬉しそうに駆け寄ってきた。

「本当に久しぶりね……！　おばさんが亡くなって、お貴族様の父親に引き取られたって聞いてたけど、元気にしてたの？」

弾む声でまくしたてた彼女は、ふと我に返ったように胸の前で両腕を交差した。

切り込みの深いドレスから溢れんばかりだった乳房が、それで隠れる。緑の瞳に、己の仕事を思い出して恥じるような影がよぎった。

リュークから顔を背けた彼女がサリエに気づき、挑発的な視線を投げかけてくる。

その一瞬でサリエにはわかった。

リュークの昔馴染みらしい彼女は、彼のことが好きなのだ。子供の頃に離れ離れになり、大人になった今でもなお。

（リュークは、この人のことをどう思ってたの……？）

何故そんなことが気になるのかと、サリエは当惑した。

リュークの恋愛経験についてなど、今まで考えたことはなかったのに、過去には好きな人がいて、相手はこのミレイアだったのかもしれないと思うと、途端に落ち着かない気持ちになった。

「ねぇリューク、時間ある？　もしよかったら……」

「悪い。仕事中なんだ」

リュークの返事は短かったが、冷ややかな感じはしなかった。そのことがまた、サリエの胸をわけもなくざわつかせる。

「なぁ、急いでくれないかな？」

焦れたように少年が言って、リュークは「ああ」と頷いた。

立ち去る際、サリエはミレイアに小さく会釈をしたが、リュークだけを目で追う彼女は、こちらのことなど見ていなかった。

ほどなく辿り着いたのは、今は使われていない芝居小屋だった。少年とその母親は、物置を兼ねた地下室に住みついているのだという。

蜘蛛の巣だらけの舞台袖からは、地下に続く階段が伸びていた。先を切って進もうとするリュークを、少年が止めた。

「悪いけど、兄ちゃんは遠慮してくれよ。母さんはこれから赤ん坊を産むんだぜ？　そんなとこ、赤の他人の男に見られたくなんかないだろ」

「駄目だ。俺はサリエ様から離れるわけにはいかない」

四角四面に言い張るリュークを、サリエは説得した。

「この子の言うとおりよ。何かあれば呼ぶから、ここにいて」

「……サリエ様がそうおっしゃるのでしたら」

不承不承頷くリュークを残し、サリエは少年とともに階段を下った。

光の差さない地下室には、造りつけの燭台《しょくだい》がひとつだけ灯されていた。

その明かりが届くか届かないかの場所に寝台が置かれ、毛布が人の形に盛り上がっている。陣痛がよほどつらいのか、洩れてくる呻き声は手負いの獣のように野太かった。

「大丈夫ですか？　私は神殿の者です」

妊婦を安心させようと、サリエは穏やかに話しかけた。

「息子さんに頼まれて、お手伝いできることがあればと参りました。失礼ですが、お母さんと赤ちゃんの様子を診《み》せていただいても？」

「いいから早く診てくれよ！」

少年に背中を押され、サリエは躓《つまず》きそうになった。

瞬間、跳ねのけられた毛布が宙を舞い、ぎらりと光るものが視界をよぎった。

「っ……!?」

とっさに身をかわしたが、バランスを崩して今度こそ床に倒れ込む。

寝台から身を起こした人物は、腹の膨れた妊婦ではなかった。

妊婦どころか女性ですらない、ナイフを手にした髭面の中年男だった。

「ちっ――仕留め損ねた。ぼさっとして見える割には上手く避けたな」

舌打ちする男を見上げ、サリエは後退った。

「誰なの……何が目的!?」

「俺は肉屋さ」

それが男の本当の職業なのか、何かの喩《たと》えであるのかは判断がつかなかった。

「あんたの体をバラして、聖女の肉を食らえば不老不死になれると信じてる連中に売りつけるんだ。髪の毛から内臓まで無駄なく捌《さば》いてやるから、おとなしくしてくれよ」

(聖女の肉を食べる、ですって――……？)

ぞっとしながらも、サリエは思い出した。

かつて、永遠の命を欲する狂信者集団に、幾人かの聖女が攫《さら》われたという話を。そんなおぞましい経緯もあって、神殿騎士の制度が設けられたのだと。

百年近い昔の話だと思っていたのに、今の世にもまだそんな野蛮な輩がいるとは、にわかに信じられなかった。

「なぁ、早く金をくれよ！　ちゃんと騙して聖女を連れてきただろ！」

訴える少年も男の手先だったのだと、サリエはいまさら気づいた。こちらの良心に付け込まれ、嵌《は》められたのだ。

「リューク！　助けて、リューク……！」

「無駄だよ、聖女様」

助けを求めて叫ぶサリエを、男が嘲笑《あざわら》った。

「あんたの騎士なら今頃、ずたずたの死体になってる。舞台上に潜んでた俺の仲間が、いっせいに襲いかかって――」

「誰が死体だって？」

聞こえた声に、サリエは勢いよく振り返った。

「申し訳ありません、遅くなりました」

「リューク、っ……！」

思わず悲鳴をあげそうになったのは、彼の全身が血にまみれていたからだ。

が、抜き身の剣を構える動きに淀みはない。リュークが怪我をしているのではなく、あれは敵の返り血だ。

サリエがほっとする一方で、ナイフを握る男が血相を変えた。

「お前、まさかあいつら全員を……!?」

「不覚にも手間取った。お前がサリエ様に手を出そうとする隙を与えるくらいに」

淡々と告げながらも、リュークの纏う気配が変わっていく。

一時《いっとき》とはいえ主のそばを離れた後悔と、サリエを脅かした者に対する怒りの色に。

「くっ……！」

気圧《けお》された男が、床を蹴ってリュークに跳びかかった。

リュークの長剣に対し、振りかぶるのは刃渡りの短いナイフ。素人目にも無謀だと思った瞬間、男の服の袖口から分銅のついた鎖が飛び出した。

暗器の一種なのか、リュークの手首に鎖が素早く絡みつく。関節と逆方向に引っ張られ、リュークが顔をしかめて剣を落とした。

「ははっ！　油断したなぁ？」

リュークの背後に回った男が、その首にも鎖を巻きつけた。

右腕を不自然にねじられた姿勢で、喉元を絞め上げられたリュークが呻く。

このままでは死んでしまうと焦った瞬間、さらに恐ろしいことが起こった。

首を絞めるだけでは飽き足らず、男がリュークの背中にナイフを突き立てたのだ。

「いやぁっ――――！」

一度ならず何度も、リュークの体を刃物が抉る。苦しくてたまらないのか、彼の左手が胸元を掻き毟《むし》る。

見ていられなくて、サリエは無我夢中で男の脚にしがみついた。

「お願い、やめて！　私の命ならあげるから、リュークを助けて……！」

「あんたの相手は後だ、どいてな」

鬱陶しそうに、男はサリエを足蹴《あしげ》にした。

彼の意識がリュークからわずかに逸れた、その隙に。

「ごぶぁっ……!?」

男の口から、赤い霧のような飛沫が散った。

彼の首を真横に貫くのは、太い金属の針だった。その根本を握っているのは、唯一自由がきくリュークの左手。

暗器を隠し持っていたのは男だけではなかった。懐《ふところ》に忍ばせていた鉄針を、リュークは胸を掻き毟るふりをして抜き取ったのだ。

「がっ……、……は——」

最期の息を吐いた男の目から、光が消える。彼が崩れ落ちるとともに、リュークの首に絡む鎖も解けた。

膝をついて咳き込むリュークに、サリエは急いで駆け寄った。

「リューク！　リューク、しっかりして……！」

勇気を振り絞って確認すると、彼の背中は相当ひどいことになっていた。服は裂け、肉は抉れて、六カ所から血が噴き出している。心臓を貫通しなかったのは幸いだが、このままではどのみち長くない。

「——絶対に助けるから」

普通なら希望のかけらもない状況だが、サリエは己を奮《ふる》い立たせた。

癒しの力を持って生まれたことを、今日ほど女神に感謝した日はなかった。

「悪いけど、服を脱がせるわ」

患部に直接触れるほうが、治癒の効果は高い。騎士服のボタンに手をかけるサリエを、リュークが弱々しく押しやった。

「いけません……サリエ様に、お見苦しいものをお目にかけるわけには……」

「何言ってるの、そんな場合じゃないでしょう!?」

凄惨《せいさん》な傷も男の裸も、見せるのに抵抗があるのはわかるが、今は人命救助が最優先だ。

リュークの服を脱がすサリエの隣では、少年が死んだ男の懐をまさぐっていた。抜き取った財布の中身を確かめ、露骨に悪態をつく。

「なんだよ、これっぽっちか。こいつ、最初からまともな報酬なんて払う気なかったな」

死体に唾を吐いた少年は、俊敏な鼠のように階段を駆け上がっていった。

嘘をつかれたことがわかっても、サリエは彼を責める気にはなれなかった。彼が食うや食わずやの生活をしていることは、痩せ細った体を見ればすぐにわかる。

それでも自分の迂闊《うかつ》さが原因で、リュークを危ない目に遭わせたことは確かだった。

「ごめんなさい。リュークは止めてくれたのに、私があの子を信じたせいで……考えが甘すぎたわね」

「甘いんじゃなく、優しいんです……――あなたは」

息も絶え絶えの中、リュークは言った。

「優しすぎて心配になるし、正直、理解が及びません……俺が囮《おとり》になっているうちに、どうして逃げようとしなかったんですか……」

（――囮って）

サリエは絶句した。

ここまでの怪我を負って死にかけたのは、サリエのためだったのか。

我が身可愛さに、サリエが彼を置いて逃げると本気で思っていたのか。

ひどい誤解をされている気がしたが、話はあとだ。

サリエはもたつきながら、血に染まった上着とシャツをようやく脱がせた。本当は寝台に連れていきたいが、動くと出血がひどくなりそうなので、床にうつ伏せになってもらう。

この期《ご》に及んでも、リュークは渋るような態度を見せた。

「やめてください。貴重な力を、俺なんかのために……」

「喋らないで」

正視するのも惨《むご》たらしい傷口に、サリエは両手で触れた。

敬虔《けいけん》な心で女神に祈ると、いつものように掌が熱を持ち、光の粒子が溢れ出した。

相手が病人なら病素を打ち消すところだが、今はリュークの身に備わった自然治癒力に己の魔力を足して、高速で稼働させる様子を思い描く。

出血の勢いが少しずつ弱まり、皮膚組織が再生していく。

しかしそれは、あまりに遅々としたものだった。傷の多さと深さに、治癒速度が追いついていないのだ。

（普通の魔力だけじゃ足りないんだわ。だったら――）

ふと頭に浮かんだのは、一度も実践したことのないやり方だった。

本能的にひらめいたその方法を、サリエは躊躇《ちゅうちょ》なく試した。

「――っ……!?」

リュークの肩が大きく震えた。

身を屈めたサリエが背中の傷に唇をつけ、舌を這わせたのだ。

「動いちゃ駄目」

血の味を感じながら、サリエは懸命にイメージした。

魔力ではなく、己の生命力を吐き出し、リュークの身に分け与えることを。

「……は……っ」

リュークが悶えるように身をよじった。

痛みが強いのかと思ったが、傷はさっきとは比べ物にならない速度で塞がっていく。

狙いは間違っていなかった。確信を得たサリエは、ひとつひとつの傷に口づけ、獣が怪我を負った仲間にするように、舌で血を舐め取った。

傷が癒えるほどに目が霞み、自身の内部が虚ろになっていく感覚がする。もしかすると
これは、己の寿命を縮める行為なのかもしれない。

けれどサリエは止めなかった。

命の炎を燃やし、リュークに与えることで確実に何かが損なわれているのに、心はこの上なく満たされていた。

とうとう最後の傷が消えた瞬間、目の前がふっと暗くなる。

「サリエ様！」

頽《くずお》れたサリエに代わって、リュークが身を起こした。

ぐったりしたサリエを抱きかかえ、部屋の隅まで移動する。男の死体から引き離し、自分の身で視界を遮るように、サリエの背を壁に預けて座らせた。

「俺に何をしたんですか？　いつもの施術とは違いましたね？」

さすが、サリエの治療を普段から見ているだけはある。

患部へのキスという違いだけではなく、注がれる力がただの魔力ではないことを、リュークは敏感に察していた。

やむを得ず、サリエはぽつぽつと話した。己の命の一部を削り、彼に譲り渡したことを。

そうでもしなければリュークが危なかった。

自分の失態のせいで彼が死んでしまうなんて、どうしても耐えられなかったから。

「そんな無茶を……どうして俺なんかのために……」

「リュークのことが大事だからよ」

わざわざ告げるまでもない、自明のことだ。

なのにリュークは、異国の言葉でも耳にしたように戸惑っている。

「俺が死んでも、サリエ様にはすぐに別の騎士がつきます。ですが、サリエ様は癒しの魔力を持つ貴重な聖女なんです。どちらの命を優先するべきか、考えるまでもない」

今度はサリエが困惑する番だった。同じ言語を喋っているはずなのに、こちらの想いがまったく通じていない。

そのとき、サリエはようやく気づいた。

リュークの裸の上半身。

その胸や脇腹に、蛇が這ったような傷痕がいくつもあることを。

「……これは何？」

手を伸ばして触れようとすると、リュークははっと身を引いた。

激しい羞恥と絶望に似た何かが、彼の表情を彩った。

(私が治し損ねた傷？　――ううん、さっき刺されたのとは別の場所だわ)

白っぽく盛り上がった無数の引き攣《つ》れは、古い傷の名残《なごり》に見えた。すでに一旦治癒しているので、さきほどのサリエの力でも消しきれなかったのだろう。

「この傷……もしかして、誰かに……？」

詳しく訊いていいものか迷っていると、リュークは硬い声で言った。

「……父と兄です」

「――え?」

「鞭打たれたんです。母の死後、引き取られたあの家で」

耳を疑うサリエの前で、リュークは観念したように語り始めた。

◆　◆　◆

今より十年前、かつての愛人がひそかに産み育てていた少年を、オルスレイ侯爵は仕方なく息子として認知した。

公《おおやけ》の面前で不貞行為を暴露された上、母を亡くした子を放り出すのは体裁が悪すぎるため、そうするしかなかったからだ。

だが、いざ引き取ってしまえば、屋敷内での出来事は他人にはそうそうわからない。

リュークに与えられた部屋は、蜘蛛の巣と鼠の糞だらけの屋根裏だった。

侯爵家の人間と同じ食卓につくことは許されず、掃除から買い物まで様々な雑用を言いつけられて、待遇はほとんど使用人と同じだった。

それでもリュークとしては、そんな生活に不満はなかった。衣食住に関してなら、母と貧しい暮らしをしていた頃よりよほど恵まれていたからだ。

耐え難かったのは、暴君そのものの父と、それに追従する腹違いの兄から、気まぐれに振るわれる暴力だった。

たとえば夫婦喧嘩《げんか》をした、友人とのポーカー賭博に負けた、満を持して開けたワインが思いのほか不味《まず》かった――たったその程度の理由で、

『この目障りな厄介者め』

『置いてもらえるだけ感謝しろよ。身の程知らずの淫売が勝手に産んだ野良犬の子が』

罵倒とともに頬を張られ、容赦なく足蹴にされる。

それだけですめばまだマシで、ときには乗馬鞭を持ち出し、無抵抗のリュークを気がすむまで打ちのめした。人目につく顔は避け、服の下に隠れるところだけを狙ってだ。

使用人たちは概《おおむ》ねリュークに同情的だったが、表立って庇《かば》えば、主人への反抗だとみなされてしまう。

庭師の老人だけが薬草を用いて手当てしてくれたが、いくつもの傷痕は残った。その老人から読み書きを教えてもらえたので、リュークはサリエに手紙を出すことが叶ったのだ。

転機が訪れたのは十三歳の秋のこと。

その日、リュークは鬱屈した感情を持て余し、言葉にならない叫び声をあげて、中庭で木の枝を振り回していた。

発端は数日前、一匹の子猫が敷地内に迷い込んできたことだ。

母親とはぐれたのか、心細そうに鳴く子猫を見捨てておけず、リュークは熱心に世話し

た。ただでさえ少ない自分の食事を分けてやり、屋根裏部屋でともに眠った。

だが、素人の世話がいけなかったのか、もともと病気を患《わずら》っていたのか、子猫はみるみるうちに弱っていった。

何を食べても吐いてしまい、目の粘膜も炎症を起こして瞼が開かない。

このままでは死んでしまうと思ったリュークは、頼まれた買い物に行くふりをして子猫を連れ出そうとした。金はないがなんとか頼み込んで、獣医に診せるためだ。

誤算だったのは、玄関ホールに続く階段を下りる途中で、兄のアイザックに呼び止められたことだった。

『おい、お前。何を隠してる？』

アイザックは弟を詰問し、懐に抱いた子猫を力ずくで取り上げた。尻尾を摑まれて逆さ吊りにされた子猫は、前脚で弱々しく宙を掻いた。

『やめろ！　離せよ！』

『口の利き方がなってないな。さすが教養のないクソ女のガキだ』

母を侮辱されてかっとなったが、今は子猫を助けることが優先だ。しかし必死に摑みかかっても、肥満体の兄には体格差で敵わない。

いつものように腹を蹴られたリュークは、階段の半ばから玄関ホールまで転がり落ちた。受け身をとる余裕もなかったせいで、したたかに腰を打ち、息が詰まった。

『だ、大丈夫ですか!?』

ちょうど掃除をしようとしていたらしく、水の入ったバケツとモップを手にした若いメイドが駆け寄ってきた。

本来なら、下級使用人は主人家族の前に姿を見せてはいけない。そんな規則も忘れてしまうほど、リュークへの仕打ちを見過ごせなかったのだろう。

『ちょうどいい。お前、そのバケツを置いていけ』

アイザックに命じられたメイドは、面食らった顔をした。

『聞こえなかったのか？　紹介状もなしにクビにされたくないなら、バケツを置いて失せろと言ってるんだ』

『は、はい……！』

脅されたメイドが従うと、アイザックは階段を下りてきて、仰向けになったリュークの胸を踏みつけた。

『……っ、が……！』

容赦なく体重をかけられて、肋骨が軋む音がした。

身動きできない自分を見下ろす兄の笑みに、とてつもなく嫌な予感が湧く。

『可哀想だから、病気の猫を助けてやりたいだって？　ふざけたことを。厄介者がさらなる厄介者を抱えてどうするんだ？』

ミィイ……——。

バケツの真上で、頭を下にした子猫が哀れな鳴き声をあげる。

尻尾を掴んでいた兄の手が離れ、ばしゃんと水音が立つより先に、リュークは狂ったように叫んでいた。

『やめろ！　やめてくれ！　お願いだから、やめてください……！』

どれだけ長い間喚いただろう。

水の中でもがく気配も感じなかった。

リュークからは見えない角度でバケツを覗き込むアイザックは、残酷な見せしめの間中、恍惚に似た表情を浮かべていた。

すべてが終わるとアイザックはバケツを持ち上げ、リュークの頭上でひっくり返した。

降り注ぐ水とともに、べしゃっ……と胸に落ちたそれは、濡れそぼった体毛のせいで、猫というより鼠に似ていた。

『しっかり掃除しておけよ』

言い残したアイザックは、この上なく愉快そうに去っていった。

ようやく身を起こせるようになると、リュークは嗚咽まじりの謝罪を繰り返し、猫の亡《なき》骸《がら》を抱いて中庭に向かった。

『ごめん……ごめん……俺なんかに拾われたせいで、ごめん……』

花壇の隅に穴を掘り、埋葬《まいそう》を終えたのちも、己の無力さに打ちのめされる。

アイザックの言うとおり、自分ごときが何かを助けたいなど思い上がりだった。

病死ならまだしも、こんなにも苦しい最期を迎えるのなら、あのまま野良であったほうがこの猫は幸せだったのだ。

『……ぁあああああ――っ！』

リュークは足元に落ちていた枝を掴み、やみくもに振り回した。

溶岩のような感情が噴き出すに任せ、腹の底から声をあげる。

これまで父や兄に何をされても、従順な犬のようにうずくまって耐えていた。それでも理不尽を理不尽と感じ、憤りに駆られる心はまだ生きていた。

晩秋の風が吹いて、木々の葉がはらはらと舞った。

視界を遮るそれらを、リュークは片端から打ち払った。鬱陶しくまとわりついてくる木の葉に、殺しても足りないほどに憎い兄の顔を重ねていた。

誰もいないと思っていたのに、声をかけられたのはそのときだ。

『ねぇ、君。それは狙ってやってるの？』

はっと振り返れば、どこかで見たことのある青年が立っていた。

年齢は二十代の半ばほど。柔らかな口調に反し、服の上からでもわかるほど、筋肉質で屈強な体格をしている。

『滅茶苦茶な動きに見えるけど、空振りは一度もない。動体視力がいいんだね。誰かに剣の扱いを習ったことは？』

その言葉で彼が誰だか思い出した。

兄のアイザックに剣術を教えるため、ときどき屋敷に通ってくる指南役だ。

『……ない』

『そうか、ないのか！』

素っ気ない答えにもかかわらず、男は興奮したようにまくしたてた。

リュークがびしょ濡れであることすらどうでもいいようで、自分も適当な枝を拾い、手本を示すように構えてみせる。

『だったら、基礎の基礎から教えないとね。片手ならこう。両手ならこう。基本の構えはこんな感じで、手首は固めず柔軟に――』

呆気に取られるリュークに、青年は一方的な手解きを始めた。筋のよい子供を見つけた以上、放ってはおけないのだと言って。

そんな機会がたびたびあり、本物の剣で打ち合えるようになった頃、勝手に鍛錬を受けていることがとうとう父に知られてしまった。

怒り狂う父に、青年は臆さず主張した。

『リュークには類《たぐい》まれな才能があるんです。失礼ですが、アイザックよりもずっと見込みがある。このままいけば、いずれは王宮の近衛騎士にも神殿騎士にでもなれるはずです』

その言葉がリュークの意識を――ひいては、運命を変えた。

神殿といえば、恩人であるサリエが暮らす場所だ。

今から四年前、誰もが忌避した柘榴病の母をサリエは助けようとしてくれた。

結局、母は命を落としたが、サリエは自分のせいだと悔いて、リュークのために泣いてくれた。母が苦痛を感じず穏やかに逝けたのはサリエのおかげなのだから、リュークは言葉にならないほど感謝していたのに。

彼女のことを忘れた日は、あれから一日もなかった。

そんな職業があることすら知らなかったが、もし神殿騎士とやらになれたなら、サリエに再会することも、ずっとそばにいることも叶うのかもしれない。

思いつくと、熱い火種を植えつけられたように胸がじりじりした。

手紙のやりとり以外、望むことなど何もないと思っていたのに、自分が存外に欲深く、大それた人間であることに気づいてしまった。

欲深さについてなら、血縁上の父も相当なものだった。

リュークが本当に騎士になれば、オルスレイ家の誉《ほま》れだ。鬱憤《うっぷん》晴らしに殴りつけるばかりだった庶子《しょし》に別の使い道があるのなら、思わぬ拾いものではある。

浅ましい父の目論見《もくろみ》により、リュークはそこから本格的に剣の稽古をつけてもらうことになった。

たちまち頭角を現す弟に、アイザックからの当たりはいっそう強くなったが、もはやリュークは兄のことも父のことも恐れなかった。

——この環境を利用するだけ利用して、必ずサリエのもとに行く。

——目的ができた以上、どんな邪魔が入ろうとがむしゃらに進むだけだ。

年に一度、王宮で開かれる御前試合で、リュークは十六の歳《とし》から連続で三度優勝した。国王からは直々に、王太子《テオドール》付きの近衛騎士になってほしいと頼まれたが、リュークは丁重に断った。自分の剣を捧げる相手はすでに決まっているのだと告げれば、寛容な国王はそれ以上の無理強いはしなかった。

その翌年、十九歳になったリュークは、いよいよ神殿の選抜試験を受けた。

サリエからの手紙で、彼女が近いうちに聖女として独り立ちすることを知ったからだ。

難なく合格したものの、再会の瞬間までサリエには一切のことを告げなかった。剣を習っていることは手紙に書けても、何を目指しているのかまでは打ち明けられなかった。

神殿騎士になる自信がなかったからではない。

本当の目的を告げて、サリエに迷惑だと思われないか。

何年も前に会ったきりの男がここまでして付き纏うのは、気味悪がられるのではないかと不安だったからだ。

だからあの日、リュークは心臓が破れそうなほど緊張していた。

『どうぞよろしく。リューク・オルスレイと申します』

『サリエ・ファルスです。こちらこそよろしくお願いしま——……え？』

リュークは、自分が夢の中にいるのではと思った。

この瞬間を何度も思い描いていたが、己の想像力があまりに貧相だったことを思い知る。

驚きに見開かれるサリエの瞳は、晴れた真昼の空の色。

柔らかくうねる銀髪は、降り積もった深夜の雪に月光が照り映えるかのよう。

昔の面影を保ちながらも、現実の彼女は想像を超えて美しく、どうにかしてしまいたくなるほど可憐に成長していた。

それ以降のやりとりは、声が上擦らないよう努めるのが精一杯だった。

剣の修行をしていたのは神殿騎士になるためだったのかと尋ねられ、リュークは一世一代の告白をした。

『ただ俺がもう一度、あなたに会いたかったんです』

『私に？』

『あなたが独り立ちする時期に合わせて選抜試験を受けたのも、神殿長に鼻薬を嗅がせてあなたの騎士に任じられたのもそのためです』

姑息《こそく》な手を使ったことまで話してしまったのは、呆気に取られたサリエの表情に動悸《どうき》が止まらず、判断力が鈍っていたからだ。

『迷惑なら言ってください。それなら俺は——』

『そんなことない！　リュークにまた会えて嬉しいの。送ってくれる手紙も、毎回すごく楽しみにしてた』

その言葉は、天上から垂らされた一本の救いの糸だった。

サリエのために役立てない自分など、生きていても意味がない。

こんな場所まで追ってこられるのは迷惑だと言われたら、リュークは今日のうちに命を絶つつもりだった。

剣による立身出世も、そのことで得る金銭も、自分だけのためならばただ虚しい。

産みの母も亡き今、この世界に存在することを許してくれる相手を——それこそ神にも等しい誰かを、リュークはサリエ以外に見出せなかった。

『あのペンダントは、あなたの瞳の色を思って選んだんです。十年も前に見たきりなので、違っていたらどうしようと心配でしたが』

贈り物を喜んでくれていた彼女の言葉に、一転して浮き立ってしまう。

何かの磁力に引き寄せられるように、リュークはサリエの顔を覗き込んだ。

空色の瞳に映る己の姿は、自分にもこんな表情ができたのかと思うくらいに、満ち足りて幸福そうだった。

『ああ、同じだ。やっぱり、俺の記憶のとおりだった――……』

サリエが怯えたように息を呑んだので、距離を誤ったと慌てて跪く。

そのままリュークは頭《こうべ》を垂れて、サリエのスカートの裾に口づけた。

彼女をたじろがせるとわかっていても、溢れる想いを胸の中に留めておけなかった。

『女神ラージュリナの化身たるあなたに、俺は生涯の忠誠を誓います。不埒な輩は何人たりとも御身に触れさせません。サリエ様の盾となり、剣となることを、あなたの崇拝者の一人として、どうかお許しください』

『はい。……許します』

陶器のように白い頬が、ほんのりと薔薇色に染まる。

眩しいほどの清らかさに、リュークは全身を灼《や》かれそうだった。

彼女のそばに侍《はべ》り、その目に映る栄誉を得た高揚の中、天啓のようにリュークは思った。

――自分は今、ここで生まれた。

ヒトの形をした野良犬だった自分が、女神の慈悲のおかげで、ようやく人間として生きることを許されたのだ――と。

◆　◆　◆

「そんな……」

リュークの話を聞き終えて、サリエは呆然と呟いた。

自分は何も知らなかった。

実の父親に引き取られたリュークは、侯爵家の身内として、相応の待遇を受けているのだと信じていた。

文字や剣術を学ぶ機会があったということは、オルスレイ侯爵が心を入れ替え、リュークを息子として認めたからだと思っていたのだ。

実際には文字を教えたのは庭師だったし、剣を習わせたのも、侯爵が見栄のためにリュークを利用しようとしただけだった。

それに加えて、兄に殺された猫の話。

自分なら、そんな目に遭った時点できっと心が壊れていた。

無気力な廃人となるか、憎しみに取り憑《つ》かれて狂ってしまうか――けれど、リュークは腐ることなく新たな目標を定め、真摯《しんし》に努力を重ねたのだ。

「そんな大変な思いをして、私なんかに会いにきてくれたの？」

自虐したいわけではなかったが、自分がそこまでの価値のある存在だとは、どうしても自惚《うぬぼ》れられない。

リュークの目から見た自分は、どれほど気高く映っているのだろうと思えば、騙しているようで申し訳なくなる。

「それほど大変ではありませんでした。師匠曰く、俺は筋がよかったらしいので」

動かなくなった男の死体を見やり、リュークは歯噛みした。

「あれに手間取ったのは、本気の殺意を持つ敵とやり合ったのが初めてだったからです。稽古や試合では、相手に怪我を負わせることは禁じられていたので……不甲斐ない姿を見せてしまい、申し訳ありません。二度と同じことがないよう精進します」

「何言ってるの？　リュークがいなかったら、私はとっくに殺されてたわ」

それにサリエが「大変」だと言ったのは、剣の鍛錬のことだけではなかった。

「お父様やお兄様から、その……暴力を受けたこと、どうして言ってくれなかったの？　そんなにひどい傷が残るくらいなのに」

「気持ちが悪いですか？」

リュークは己の体を見下ろし、ぽつりと言った。

「やはりお目にかけないほうがよかったですね。……すぐに服を着ます」

「違うわ、気持ち悪いなんて言ってない！」

血染めのシャツに伸ばされる手を、サリエは思わず摑んだ。

呆気に取られた顔をするリュークが、その瞬間、ひどく無防備に感じた。

サリエを守るのが己の使命だと彼は言う。

けれど、だったら誰が、不条理に傷つけられたまま大人になるしかなかった彼を守ってくれるのだろう。

そう思った瞬間、サリエは彼に抱きついていた。

「――っ……!?」

「……ごめんね」

身を硬くするリュークの背に、サリエは手を回した。

「リュークが痛い思いをしてたときに、そばにいられればよかった。こんな傷が残る前に私が治して――ううん、暴力自体を止められればよかった」

油断すると涙声になってしまう。

同情されたところで、リュークにしてみればいまさらなのに。

鞭打たれたときの痛みも屈辱も、彼の記憶から決して消えはしないのに。

「私がイリーナさんを助けられてたら、リュークはお母さんとずっと一緒に暮らせたのよ。あのときの私にもっと力があれば……」

「サリエ様が責任を感じることではありません」

リュークは遠慮がちにサリエの肩に触れ、密着した体を引き離した。

それでサリエは、自分が大胆すぎる真似をしたことに気づいた。半裸の男性に女性のほうから抱きつくなんて、はしたない行為に決まっている。

頬を赤らめる反面、互いの間に生じる距離がどうしようもなくもどかしかった。

そんなサリエを諭《さと》すように、リュークは続けた。

「母との暮らしじゃ、どう逆立ちしたところで神殿騎士になる道は選べなかった。――さっき、ミレイアという女性に会ったでしょう」

ふいに出てきた名前に動揺しつつ、サリエは頷く。

「彼女の母親も娼婦でした。病気持ちで、あまり客はつきませんでしたが。俺の母はその娼館《みせ》の下働きをしていて、母親たちの仕事中、俺とミレイアはよく一緒に過ごしていたんです。二人でゴミ箱の残飯を漁ったり、裕福そうな人間から財布を掏《す》り取ったりして」

「え……」

残飯に、掏摸《すり》。

予想外の過去に言葉をなくしていると、リュークは薄い笑みを浮かべた。

「軽蔑しましたか？　けれど、当時の俺たちはそうでもしなければ死んでいた。母親の稼ぎは少なかったし、倫理や道徳だけじゃ腹は膨れないから」

「それは……わかるわ。ううん、実際にはわかってないかもしれないけど……」

言葉を選び選び、サリエは言った。

伯爵令嬢だった自分が、手を汚さずには生きられなかったリュークの苦労を、簡単に「わかる」と言うのは傲慢な気がした。

「物心ついたときからずっと、こんな場所からは這い上がりたいと思ってました」

リュークは言って、遠い目をした。

「ゴミ溜めみたいなスラムを出て、黴《かび》の生えたパンを食べたり、ノミの湧いた服を着たりしなくてもいいようになりたかった。それ以上の望みは現実味がなさすぎて……医者になりたいとか学者になりたいとか、当たり前に将来を語る奴らが憎らしかったけど、夢を見られるくらい悠長な暮らしをしてることは羨ましかった」

そんなリュークの気持ちを知っていたから、イリーナは最後の力を振り絞って、あの日、オルスレイ侯爵に息子を託したのだ。

「『どんな仕打ちを受けてもしがみついて。理不尽な目にも耐え抜いて、きっと幸せを摑みなさい』と――母の言うとおりでした。あの家で暴力に耐えていたら、ありえない幸運が向こうから転がり込んできた」

剣の師匠に才能を見出され、神殿騎士となれたこと。

それをリュークは、亡き母に従ったゆえの僥倖《ぎょうこう》だと信じているようだった。

「時が戻ったとしても、俺はオルスレイ家に寄生して、父にも兄にも好きなだけ殴らせます。同じことを繰り返さなければ今の未来がないのなら、可哀想ですが、あの猫にも死んでもらいます。それが、あなたのそばにいられるこの瞬間に繫がるのなら」

揺るぎない覚悟に、サリエは何も言えなくなった。

　イリーナを救えなかったことを、自分はずっと申し訳なく思っていたが、母の死すらも必然だったと受け入れるくらい、リュークは現状に満足しているのかもしれない。

　──いや、違う。

　本当に満たされている人間が、こんなやるせない目をするだろうか。

　こんな──水が飲みたくてたまらないのに、海水しか与えてもらえず、喉の渇きに余計に苦しむような。

「サリエ様」

　リュークの腕が、堪えかねたように伸ばされた。

　さっきは自分から引き剝がしたくせに、息を吞むサリエを強く抱き込み、耳元に熱っぽく囁いた。

「あなたのことを、癒しの魔力を持つ貴重な聖女だと言いました。ですが、たとえサリエ様が聖女じゃなくても、俺はあなたのそばにいたい」

「それって……」

　見上げるサリエの前で、リュークは意を決したように告げた。

「サリエ様が好きです。ただの敬愛ではなく、俺はいつかあなたの夫になりたい。──あなたを一生守らせてください」

自分がさほど驚いていないことに、サリエはもう気づいていた。

はっきりと言葉にされたのは初めてでも、思い返せば、心当たりがいくらでもあったからだ。

ふとしたときに注がれる、物言いたげな眼差し。

他の人と話すときは鉄面皮なのに、サリエだけに見せてくれる柔らかな笑み。

馬車に乗り降りするときに体を支えてくれる手が、ほんの少しだけ離れるのが遅かったこと。

サリエのほうも、そのたびにくすぐったい心地になった。

肌がちりちりして、心がそわそわして、もう少しだけ二人きりでいたいと願う瞬間が何度もあった。

極めつけは、ついさきほど、ここに来る前の出来事だ。

リュークに好意を抱く幼馴染みの存在に、ややもやした気持ちになった。あれは明らかに、リュークを他の女性に取られたくない焼きもちだった。

「気づいてなかった……」

大いなる発見に、サリエは思わず口走った。

その言葉に、リュークが傷ついたような顔になる。

「俺にしては、わかりやすい態度でいたつもりなんですが……」

「そうじゃないの。わかってなかったのは自分のこと。――私も、リュークのことが好きなんだって」

瞠目するリュークと見つめ合い、サリエは確信を深めた。

(そうよ、私はリュークが好き――お嫁さんにしてほしいくらいに)

自覚するよりも先に、行動が物語っていた。

息も絶え絶えに血を流す彼を前にしたとき、自分の寿命を削ってでも死なせないと即座に思えた。

あれがリューク以外の誰かなら同じことをした自信はないし、たとえ実行できたとしても、その前に命を惜しんで躊躇しただろう。

「リュークのことが大事だから。大好きだから死んでほしくなかったし、これからもそばにいてほしい。――私に会いにきてくれてありがとう」

胸に溢れる想いを、サリエは素直に言葉にした。

広い肩や、たくましい背に刻まれた鞭の痕――苦難を越えて生き抜いた証に指を這わせると、リュークは雷に打たれたようにびくりとした。

「――困ります。やめてください」

「どうして？」

「それは……説明しかねます……」

途方に暮れたように呟く彼の耳は、夕日の色に染まっていた。

照れたリュークの姿など滅多に見られるものでなくて、思わず見入ってしまったが、ふいに現実に引き戻される。

「あ……でも、どうしよう。私の還俗はずっと先だから……リュークと結婚できない」

今のサリエは十六歳で、魔力が消滅するまで、およそ二十年以上はある。

一年ほど前に神殿入りしたカナリーを例外とすれば、還俗前の聖女の結婚は今のところ前代未聞だ。

過去には駆け落ちを企てた聖女もいるらしいが、すぐに見つかって連れ戻され、恋人とは引き離されている。

その聖女は、虜囚《りょしゅう》同然の扱いを受けながら還俗までを務めきったが、いざ神殿を出てみれば、かつての恋人は別の相手と家庭を持っていた。彼女は悲嘆のあまり川に身を投げたとも、裏切った恋人を刺し殺したとも言われている。

そんな逸話があったため、聖女の恋愛や婚姻は禁忌だとされていた。

「ごめんね。私も、リュークのお嫁さんになりたいけど……」

「待ちます」

間髪を容《い》れずにリュークは言った。

「サリエ様が納得されるまで、どうぞお務めを果たしてください。騎士としてそばにいられる限り、俺はいつまでも待ちますから」

　ひたむきな言葉に感動する反面、サリエは心配になった。還俗したときの自分は、おそらく四十歳前後にはなっている。

「本当にいいの？　子供が産めなくなるかもしれないのに？」

「産めるなら俺の子を産みたいと思ってくださっているんですか？」

　逆に訊き返され、サリエは顔を赤らめた。男女が何をどうすれば子供ができるのかは、漠然とではあるが知っている。

「それは、うん……そうよ」

「その言葉を聞けただけで俺は充分です。子供が生まれても生まれなくても、サリエ様と一生をともにできれば」

「私もリュークと同じ気持ちだわ」

「だったら、俺たちは今から恋人同士ということですか？」

「うん、皆には内緒だけどね」

「もちろん秘密は守ります。その代わり……」

　口ごもったリュークは、照れ隠しのように小さく咳をしてから言った。

「……これから先は、あなたのことを『サリエ』と呼んでもいいですか？」

（っ……何これ、可愛い――！）

自分より年上の男性に抱くべき感情ではないのかもしれないが、可愛いものは可愛いのだから仕方がない。

生真面目な顔で答えを待つリュークにこれでもかと頬ずりしたいし、髪の毛をわしゃわしゃと撫でくり回したい。

「いいわ。呼んでみて」

初めて芽生える感情に身悶えながら、サリエは言った。

咳払いを繰り返したリュークが、あまりにもぎこちなく口にする。

「ええと、では――サリエ」

「はいっ！」

「そんな、出席を取っているんじゃないんですから」

頬を緩ませたリュークにサリエも笑い、「これからよろしくね」と右手を差し出す。

握り返された手の体温を感じるだけで胸がいっぱいで、全身がふわふわした。

このときのサリエは疑いもしなかった。

自分が還俗を迎えるまで、リュークとは清らかな関係が続くのだと。

本当に、微塵も予想できなかったのだ。

まさかこの二年後、謎の病を患って、ともに生きる約束が果たされなくなることも。

その後、不思議な現象によって死に戻り、リュークの秘めた熱情をぶつけられて、初花《はつはな》を強引に散らされてしまうことも——。

5　監禁と執愛

目覚めたとき、ずいぶん長い夢を見ていた――と思った。

リュークに想いを告げられたときの夢。

いつか結婚しようとままごとのような誓いを交わし、彼の恋人となった日の夢だ。

（ここ、どこ……？）

意識の戻ったサリエは、見慣れない光景に目を瞬《しばたた》いた。

綺麗だとも新しいとも言えない、くすんだ漆喰《しっくい》の壁。

正方形に近い部屋は狭く、暗く、窓すらなかった。サリエが横たわっている寝台と、小さなオイルランプが灯されたサイドテーブルがあるだけだ。

もっとよく見ようと体を起こした途端、あらぬ場所にじわりとした痛みを覚え、サリエは思い出した。

（そうだ。私、リュークに……――）

神殿の裏庭でテオドールといるところを見つかり、物置小屋に連れ込まれた。

激昂した彼にキスをされて、床に押し倒されて――それから。

はっとして見下ろせば、胸元を破られたお仕着せの代わりに、前合わせのガウンを着せられていた。

（……あ、服！）

ただし下着は着けていないようで、布地の下はなんとも心許ない。

こんなことをする人物の心当たりなど、一人しかいなかった。

真鍮《しんちゅう》のノブが音を立てて回り、扉が外から開かれた。

「ああ、起きていたんですね」

案の定、入ってきたのはトレイを手にしたリュークだった。

いつもの騎士服は着ておらず、先日の「お忍び」のときのように、特徴のないシャツとズボンを合わせていた。

「よかった。ちょうど目覚める頃かと食事を用意していたんです」

サリエに微笑みかけたリュークが、サイドテーブルにトレイを置く。

寝台の端に腰掛け、お椀《わん》を差し出しながら、普段と変わりない口調で尋ねた。

「食べられますか？」

木の椀の中で湯気を立てているのは、ミルクで煮たパン粥《がゆ》だった。

どれくらい眠っていたのかはわからないが、甘い匂いを嗅ぐとお腹が鳴ってしまいそうなくらいには空腹を感じる。

食欲と同時に込み上がるのは、それ以上の警戒心だ。

掛け布を体に引き寄せ、サリエは慎重に尋ねた。

「ここはどこ?」

窓がないから景色は見えないが、建物の外に雑然とした生活の気配を感じる。どこかで犬が吠《ほ》え、赤ん坊の泣く声もかすかに聞こえた。

「俺が借りた家です」

「……家?」

あっさりと答えられ、サリエは目を丸くした。

「あなたを匿《かくま》うための一時的な隠れ家です。神殿を無断で抜け出してしまったので、ほとぼりが冷めるまではここにいてもらいます。スラムの外れなので治安はさほどよくないですが、外に出られない以上は問題ないかと」

「待って……待って……なんで!?」

尋ねたいことが多すぎて言葉にならない。

神殿を抜け出してきたというが、そんなことが簡単にできるものなのか。

(ううん……できるかも。外部からの侵入は見張りがいるから難しいけど、意識のない私を背負って敷地の壁を越えるくらい、リュークならやってのけそうだし……)

神殿では今頃、自分たちが失踪したと大騒ぎになっているのだろうか。

それを考えるだけで頭が痛いのに、聞き逃せないのはリュークの最後の言葉だ。

「『外に出られない』ってどういう意味？　私をここに閉じ込めるつもり？」

まさかと否定されることを期待し、サリエは曖昧に笑った。

しかし、返ってきた答えにその笑みはすぐに強張った。

「そうです。必要な用事はすべて俺にお任せください」

「それって、もしかしてだけど監禁って言わない!?」

「仕方がないでしょう。サリエをあそこに置いておけば、いつまた俺の目を盗んで、あの放蕩王子が手を出さないとも限らないんですから」

「そんなことになるわけないわ。テオドール様だって反省なさってたでしょ？　それに奉仕活動はどうするの？　私が病院に行かなきゃ、困る人たちがたくさんいるのに」

必死に言い募っても、リュークは首を横に振るばかりだった。

「聞き分けてください。あなたの身を守るためなんです」

「それにしたって、こんなのおかしい……本当にどうしちゃったの？」

「サリエこそ、お腹が空いて駄々を捏ねているんでしょう。食べさせてあげますから、口を開けてください」

「っ……いらない……！」

匙《さじ》に粥をすくって差し出され、とっさに腕で払った。幼子《おさなご》をあやすような口調に、ぞわりとしたものを感じて。

だが、サリエは目測を誤った。リュークの手を押しのけるつもりが、彼の手にした木の椀を薙《な》ぎ払ってしまったのだ。

壁に当たった椀から、びちゃっと中身が飛び散る。寝台ばかりか、サリエの顔にも胸元にも、白くて生ぬるい粥が跳ね返った。

「あ……」

自分のしでかした結果に、たちまち罪悪感が湧く。どんな状況であれ、食べ物を粗末にするのは間違ったことだった。

「大丈夫ですよ。すぐに綺麗にしますから」

リュークは転がった椀を拾い、汚れた掛け布を丸めて剝ぎ取った。

「ごめんなさい……私が汚したんだから自分でやるわ」

「構いません。あとで洗いますから、ガウンも脱いでください」

「え、これも?」

確かに汚れてはいるが、これを脱いでしまえば下は裸だ。体を隠す掛け布も奪われた今、下着すら身に着けていない姿を見られることになる。

困惑していると、リュークがふっと微笑んだ。

「いちいち恥じらうところが可愛らしいですね。寝ている間に着替えさせたのは俺ですし、サリエのことならもうとっくに体のすみずみまで知っているのに」

出し抜けの発言に、サリエの頭に血がのぼった。

リュークのたくましいものでさんざんに乱れさせられた恥ずかしさと、怒りがぶり返したことによる反応だ。

「そもそも私、リュークと別れたいって言わなかった？」

死にゆく姿を見せたくないし、後追いをさせるわけにはいかないから、今のうちに別れたい。

本当の理由こそ言えないものの、その決心は今も変わりなかった。

「別れたいとは聞いていません。『一緒にいられない』とは言われましたが」

「そんなの、言葉が違うだけで同じ意味だわ」

「だったら、俺から離れられないようになればいい」

砂糖がなければ蜂蜜《はちみつ》で代用すればいい、とばかりにリュークは言った。

「昨日はなんだかんだ言いながら、サリエも気持ちよくなっていたじゃないですか。決して逃げようなんて気を起こさないくらい、俺との行為に溺《おぼ》れてください」

唐突にリュークに抱きすくめられ、犬のように頬を舐められた。一拍置いて、顔に飛んだ粥を舐め取られているのだとわかった。

「やっ、何して――……んんっ!?」

背けようとした顔を押さえられ、唇を重ねられる。ねじ込まれた舌とともに、ほのかに甘いミルクと液状化したパンの味を感じた。

「……んーっ……!」

肩を叩いて抗議すると、リュークは一旦身を離した。しかし今度は、サリエの口元に残った粥をすくい取り、その指を口内に突っ込んでくる。

「このどろどろした白いものは、何かに似ていませんか?」

リュークの指が口蓋《こうがい》を撫で回し、喉の粘膜をくすぐった。

「実際に見たことがないなら、わからないかもしれませんが。さっきから俺は、あなたの顔が男の精にまみれているように見えて、ずっと興奮しているんですよ」

とんでもないことを言いながら、リュークの片手は知らぬ間にガウンの紐を解《ほど》いていた。はだけた胸元に空気を感じたと思ったら、ガウンが肩から滑り落ち、細い裸身があっという間に晒されてしまう。

「んっ……!?」

動揺のあまり、サリエはリュークの指を噛んでしまった。

関節にがつっと歯が当たり、ミルクの風味に鉄臭い味が混入する。慌てて身を引き、わざとではないのだと謝ろうとすると、リュークが噛み痕を見て息をついた。

「おいたが過ぎますよ、サリエ」

「違うの、今のは……」

「また噛まれては困りますから、すみませんがこうしておきますね」

「ぅむっ……!?」

幅のあるガウンの紐を口に食《は》まされ、頭の後ろで縛られた。

いわゆる猿轡《さるぐつわ》を噛まされたサリエは、口輪の嵌まった獣のように呻くことしかできなくなる。

(どうしてここまでされるの？　怖い……っ)

声を封じられることが――会話が成立せず、拒絶の意志も示せない状況が、こんなにも恐ろしいものだとは思わなかった。

裸のまま後退るが、すぐにヘッドボードに背中が当たって逃げ場をなくす。寝台に乗り上がってきたリュークが、うっそりと微笑んだ。

「怖がらないで。理性を飛ばしてしまうくらい、気持ちのいいことをするだけです」

リュークは言って、サイドテーブルに手を伸ばした。

抽斗から取り出されたものは、小さな容器に入った軟膏《なんこう》だった。甘ったるい匂いのするそれをリュークは指先ですくい取り、サリエの乳首に塗りつけてきた。

「んぅっ……！」

冷たいと思ったのは束の間で、謎の軟膏を塗られた部分は、すぐにじんじんと熱を持ち始める。面妖な感覚が込み上げ、乳暈ごとぷっくりと膨らんでいった。

(なんなの、これ……!?)

「感度を高める媚薬です」

言いながら、リュークは逆の乳首にも軟膏を丹念に塗り込んだ。

「スラムの娼館でもよく使われているものだそうです。もっとも、女性側が使うと本気で感じて体がもたないので、なかなか達しない客の性器にこっそり塗りつけることが多いらしいですが」

説明を聞かされるうちにも、媚薬の成分は浸透していった。

左右ともに本来の倍の大きさに隆起した乳首が、触ってほしそうにうずうずと天井を向いている。

「ふぅう……っ……」

情けない鼻声を洩らすと、リュークの手が両胸に伸ばされた。

疼いてたまらない場所に触れてもらえるのかと無意識に期待してしまったが、彼の掌は胸の中心を避け、周囲の膨らみだけをやわやわと揉みしだいた。

粟立つ肌を撫で回し、皮膚の下の脂肪を解すように指を沈める。

下からも横からも揺らされ、たぷたぷと震える乳白色の膨らみは、こんなにも淫靡だったのかと眩暈がした。

　それでも、肝心の部分には指一本触れられない。

　どこまでも意地悪に焦らされて、塞がれた口の奥から唾液が湧く。

　鼻だけでふぅふぅと呼吸を繋ぐサリエに、リュークは悪魔のように囁いた。

「苦しいですか？　乳首を触ってほしいなら、頷いてください」

　そんなはしたないことを自分から望めるわけがない。

　意地だけで首を横に振ると、

「強情ですね」

　リュークは再び軟膏をすくい、今度は脚の間に塗りつけてきた。

「んんんぅ――っ……！」

　蜜口を覆う花唇《かしん》と、その上で芽吹き始めた秘玉の上で、にちゃにちゃと指が滑る。

　どうかそこだけは――という祈りも虚しく、リュークは蜜洞の中にまで節くれだった指を押し込めてきた。

「んっ！　んぅぅう！」

　中で密集する襞を掻き分け、手前から奥までこれでもかと軟膏をすり込まれる。禁断の薬を吸収した粘膜という粘膜が、灼熱感に焼き切れてしまいそうだった。

「っひ……ぅ……――んぅあ！」

体の内を弄り回されるのも耐え難かったが、リュークの指がふいに抜け出た瞬間、サリエはたまらずに啼《な》いた。

その響きに自分でも愕然《がくぜん》とする。

まるで、もっと強い刺激を与えてほしいと訴えているような――。

「そんなに物欲しそうな顔をするのなら、ちょうどいいものがありました」

リュークが再びサイドテーブルの抽斗に手を伸ばした。

そこから取り出されたものを見て、サリエの目は丸くなった。

「あなたのものですよ、サリエ」

それは、自室の窓から落とした例の置物だった。

テオドールは「張形」と言い、リュークは「淫具」と呼んでいたものだ。

「どうぞ、遠慮なく。いつも自分でしていたように気持ちよくなって構いませんから」

汗ばむ手に無理矢理握らされたとき、男性器に似たこれが何をするためのものなのか、サリエは遅まきながら理解した。

(そんなこと、できるわけないじゃない……！)

熱いものにうっかり触れたように、張形を放り出す。咎められるかと思ったが、リュークはサリエの背後に回り込み、後ろから乳房に手を添えた。

「俺はこっちを触って差し上げますから」

さっきのように焦らされるのかと思いきや、胸全体をねっとりと揉む手は、先端をぴんぴんと気まぐれに弾いてくる。

（あ、……気持ちいい……気持ちいい……っ）

ようやく触れてもらえた悦《よろこ》びで、眼差しが恍惚に溶けた。

痺れるような喜悦が乳首から広がり、刺激を受ければ受けるほど、そこは淫らな色と形に変化していく。

尖った乳頭を親指と人差し指でぎゅっと押し潰された途端、矢のような快感に貫かれ、サリエの全身が震えた。

「っふ！　……ふぅうん……っ――！」

「もしかして、乳首だけで達ってしまいましたか？」

リュークに尋ねられたことで、我が身に何が起きたかを知る。

下腹が強烈にうねり、意識が飛ばされるような感覚を「達く」ということは、昨日の時点でわかっていた。

まさか彼の言葉どおり、胸だけで達することができるとは知りもしなかったけれど。

「すごいな、媚薬のせいですか？　それともサリエが特別にいやらしいんでしょうか？」

（違う……私は、そんな……）

心で否定した端から、リュークはなおも乳首を摘んでこりこりと嬲《なぶ》ってくる。

刺激を送り込まれるたびに力が抜けて、両脚がだらしなく開いていった。

そこをすかさず、リュークが内側から足首をひっかけ、左右に大きく開脚させる。

あられもない格好にさせられてはっとした瞬間、リュークは落ちていた張形を拾い、先端を花芽に押し当ててぐりぐりと動かしてきた。

「んふ、ぅうううっ――……!?」

予想もしなかった淫虐に、再び絶頂に押し上げられる。

サリエの女の部分は発情しきってとろとろに潤み、何者かの侵入を切望していた。

抵抗が緩んだ隙を見計らい、リュークが作り物の亀頭を入り口にじゅぷっと沈める。

沈めたと思ったら引き抜き、抜いたと思ったら突き入れ、浅い場所だけをぱちゅぱちゅと徒《いたずら》に往復させた。

「ひっ!? ――ぐ、ぅぅ! ぅぅん、んんっっ……!」

くぐもる喘ぎ声とともに涎《よだれ》が溢れ、口を塞ぐガウンの紐が湿っていく。

ずぶずぶと出入りされる感覚に性感が高まってきたところで、リュークはふいに動きを止めた。三分の一ほど挿入した張形から、ぱっと手を離される。

「っ……――?」

「ここまでお膳立てしてあげたんですから、あとは自分でできますね?」

耳元で囁かれ、サリエは狼狽した。

あと少しで沸騰《ふっとう》する鍋に、差し水をされたようなものだった。この上なく気持ちよくなりかけていたのに、中途半端な状態でおあずけにされるのはつらすぎる。

「ぅーく……っ」

不自由な口で名を呼び、サリエは背後の彼を振り仰いだ。

「駄目です。これ以上は手伝いません」

飢えてたまらない目をしたサリエに、リュークは残酷に告げた。

「やれるでしょう？　俺の見ていないところで、いけない一人遊びをさんざんにしていたあなたなら」

そう言われて、サリエは誤解をされていることにやっと気づいた。

昨日の時点でも、彼は挿入時に『一人遊びをしていた割には狭いですね』と呟いていた。サリエが毎晩のように張形を用い、己を慰めていたと思い込んでいるのだ。

(確かに、いやらしい子だと思われて嫌われようとは仕向けたけど……！)

今の今まで、サリエは張形の正確な用途も知らなかった。カナリーが言った『魔除けの一種』という言葉を、疑いもせず信じていたくらいなのに。

とはいえ、今はそのことを説明する術《すべ》もない。

「サリエのここを初めて暴いたのがこいつだと思うと嫉妬しますが、テオドール殿下よりはマシだったと思うことにします。――ほら、見せてください。俺はどんなあなたでも軽蔑したりしませんから」

あやすように囁いて、リュークはまたしても胸乳《むなぢ》を弄《もてあそ》び始めた。

両手全体で隙間なく覆い、艶を帯びた膨らみを揉み解す。硬い掌《たなごころ》に押し込まれた乳首が、反発するように余計に尖る。

柔《やわ》い刺激はかえってサリエの渇望を強くした。

首筋にふつふつと湧く汗の玉を舐め取られ、その刺激にさえ蜜洞が疼いた。

「ん、ん、っ……んぅ！」

下腹に力を入れると、秘口に刺さったままの張形が短い尻尾のようにぴくんと動く。

（あ、抜けちゃう……！）

膣圧に負けて、滑るように押し出されかけたそれを、サリエは反射的に押さえていた。

手を添えるだけのつもりが勢い余って、ぬるっと奥まで押し込んでしまう。

「んん――……っ!?」

自分でしたことだというのに、目の奥がちかちかした。

張形が抜けると焦った瞬間の喪失感が、甘美な充溢感《じゅういつ》にとって代わられる。

届きそうで届かなかった場所を内部から押し開かれ、痒いところを思いきり掻き毟りたい欲望が堰《せき》を切った。

（こんなの駄目……駄目だけど、もう……っ）

ぎゅっと目を閉じ、リュークの存在を意識の外に締め出すと、サリエは張形を握る手を動かした。

初めはゆるゆる、おっかなびっくり。さきほどのリュークの動きを真似て、浅瀬の部分だけでぐちぐちと。

けれどすぐに、それだけでは満足できなくなる。

媚薬に火照った蜜壺は乱暴に荒らされたがっていて、羞恥心よりも快楽が上回ったサリエを止めるものは何もなかった。

「んっ、んっ、んっ……んんぅ……っ！」

もっと奥へ。

もっと強く、抉るように。

サリエは両手で張形を握り、息を弾ませてやみくもに抜き差しした。

じゅぷっ、ずちゅ、ぐぢっ、ぬぷぷっ——と、聞くに堪えない下品な音を自分の体が奏でている。

目は閉じられても耳までは塞げないため、そこがどんなひどい状態になっているのか、想像することは容易《たやす》かった。

「素晴らしい眺めですね」

肩ごしに陰部を覗き込んでいるのか、リュークの声も興奮を帯びていた。

「聖女であるサリエのこんな姿は、誰も知らない……俺だけしか知らないんだ……」

（あ――リュークのが当たってる……）

サリエの胸を揉みしだき、項にむしゃぶりつくリュークの性器は、とっくに怒張しきっていた。

お尻の割れ目にぐいぐいと押しつけられる質量は、ズボンごしにも生々しい体温を伝えてくる。

それを深々と突き入れられたことを思い出し、サリエは唾を飲んだ。

自分が握る張形に比べてリュークの雄はより太く、サリエの気持ちいい場所を的確に掻き回してくれた。

そう思うと、今の拙い自慰が途端に味気なく感じてしまう。

躍起になって手を動かしても、本当に欲しいところにまでは届かない。

（どうしよう……気持ちよくないわけじゃないけど、足りない……これじゃ、全然足りないの……）

焦りとみじめさが綯《な》い交ぜになり、サリエの目から涙が溢れた。

「……ふぅうん……っ」

――こんなにも我慢がきかないのは媚薬のせいだ。

自分で自分に言い訳し、サリエは片手を後ろに回した。股間の膨らみに触れられたリュークが、予想していたように笑う。

「欲しいんですか？　俺のこれが？」

その問いには頷けなかったが、首を横に振ることもできなかった。

遠慮がちに撫で回すと、ただでさえ大きなものがいっそう力を増すのがわかった。

「あなたにおねだりされたら断れませんね」

リュークの笑みが深くなったと思ったら、サリエは腰を抱えられ、寝台の上でうつ伏せにされていた。

「っ、ん……!?」

臀部《でんぶ》が突き上がり、愛液でしとどに濡れた恥ずかしい場所が丸見えになってしまう。

言いようのない恐れを覚えて振り向けば、リュークがズボンと下着をずり下げ、臨戦態勢の肉槍を露《あら》わにしたところだった。

「ほら、見えますか？　サリエがお待ちかねのものですよ」

張形を無造作に抜き取られ、空虚になった場所に亀頭があてがわれる。自分からねだった行為のはずなのに、血の気が引く。

（駄目、こんな格好じゃ……——あ、あ、嘘……入って、くるぅ……っ！）

決して性急にではなくじりじりと、長大なものが肉の壺に収まっていく。

引っ掛かる箇所があれば戻り、強張りを解すように入り口を愛撫され、力が抜けた隙にまた少しずつ掘削《くっさく》される。

　互いの腰がようやく密着し、入るところまで入ったかと思ったら、体全体で覆いかぶさられ、ずぐんっ――――！　と最奥を突き上げられた。

「ひぐっ……！」

「後ろからというのも、なかなかいいですね……サリエのお尻の穴がひくひくして可愛らしいな……」

　ぎょっとさせることを言いながら、リュークはずんずんと肉棒を送り込んでくる。

　獣同士の交合のようで怖かったのは、わずかな間のことだった。

　圧倒的な体格差で押さえつけられ、大ぶりな腰遣いに翻弄《ほんろう》される。

　ずるるっ……と雄茎が抜かれると充血した粘膜がめくれ、白く泡立った蜜液がだらだらと溢れた。

（いっぱい擦られるの、いい……後ろからされるのも、気持ちいい……！）

　薬の効果でむずむずしていた蜜壺は、鋼《はがね》のように硬いものをこの上なく歓迎した。

　与えられる快感はそれだけにとどまらない。

「こっちも寂しかったんじゃないですか？」

　触れられてもいないのに膨らみ、赤く張りつめるいじらしい花芽。

　リュークはそこにも手を伸ばし、愛液でぬめる粒を器用に捉えた。わずかにひっかかっていた肉の莢《さや》をめくり上げ、剥き出しの陰核を指の腹で擦り上げた。

「んふぅう――っ……！」

猿轡を噛まされていてよかったと、サリエは初めて思った。

そうでなければきっと叫んでいた。

もっといじめて。

痺れるそこをもっとくりくりして。

熱くて太くてたくましいものを、壊れるくらい奥までねじ込んで――と。

「ん、っふ、ぅうう……んぅうっ！」

ぬるつく肉壁をくまなく拡張され、雁首の出っ張りで擦られる。

発情しきった子宮がリュークの精を吸い取ろうと、本能的に下がってきた。丸みを帯びた亀頭に入り口をノックされれば、ちゅうちゅうと甘えて吸いつくような動きを見せる。

ひと突きごとに甘い漣《さざなみ》が背筋を駆けて、思いきり叫べない分だけ、快感の圧が高まっていった。

「ああ、熱いな……――あなたの中で溶かされそうです」

リュークが大きく息をついた。

「クリトリスを弄るたびに、締めつけが強くなって……俺を離したくないって、言ってくれてるみたいで……っ」

声を詰まらせるリュークも、限界が近いのかもしれなかった。

それでいて、サリエの弱いところばかりを狙って穿つのは本当にずるい。尿意に似た強烈な疼きが、胎《はら》の奥にみるみる溜まっていく。

「ふぅ……ふぅうっ……」

気づけばサリエは自らぎこちなく腰を振り、リュークの下腹にお尻を押しつけていた。そのほうが摩擦感が強くなり、彼を深い場所まで呑み込めるからだ。

「そんなに気持ちいいんですか？」

リュークが意外そうに揶揄《やゆ》してくるのも当然だ。

サリエだって、自分がここまで浅ましくなれるなんて知らなかった。

処女を失ってほんの一日なのに、こんなにも敏感で淫らな反応を見せるのは、媚薬のせいなのか、それとも――……。

考えることを放棄したサリエは、四つん這いになって夢中で腰を振り立てる。

こんなにも濃密な快感を与えてくれて、全身で自分を求めてくれる人と、どうして別れなければならないと考えていたのか、それすら曖昧になっていく。

リュークがひときわ強く陰核を押し潰すと、鮮烈な痺れがまた脳天に抜けた。

「ううふ――っ……！」

絶頂に膝ががくがく震え、支えていられなくなった腰が落ちる。

そこをすかさず引き上げられて、力の入らない下肢をなおもぐちゃぐちゃに犯された。

「駄目ですよ。俺もあと少しですから、頑張ってください」

優しげに言われても、過ぎる快感はいっそ毒だ。サリエはとっくにおかしくなっているのに、リュークが達するまでは解放してもらえない。

「んく！　ん、ぐ……んんぅぅ！」

凶器のような剛直が、どちゅどちゅと容赦なく出し入れされる。

甘酸っぱく香る蜜を掻き出しながらずろんっ——と抜けて、入るときは媚壁をめりめりとこじ開け、奥の奥まで叩きつけてくる。

(リュークが、私の中で暴れてる……あ、また来る……気持ちいいの、きちゃう……っ)

体力も消耗し尽くして、これ以上達きたくなどなかった。

それなのにサリエのあそこだけは、疲れ知らずに力強くうねり、男根をぎゅうぎゅうと喰い締める。

「は、っ……その動きは、ずるいですよ……」

リュークが息を凝らし、サリエの腰を摑む手に力を込めた。

「奥に出せと誘っていますよね？　なら遠慮なく……——んっ……！」

肉棒に角度をつけられて、臍の裏を突き下ろしながら抜き差しされた。

空気を孕んだごぷごぷという音が、蜜液とともに溢れ出す。弱点を集中的に突かれて、サリエは暴れる猫のように敷布に爪を立てた。

「ん、う、ぐっ……んぅ……！」

気持ちいいのに、怖い。

リュークのことが好きなのに、悲しい。

ばらばらに沸き立つ感情が一緒くたになり、すべてが快楽に塗り替えられる。

視界を圧する光が弾けると同時に、リュークの雄茎が大きく震え、どぷどぷと大量の精を吐き出した。

「んんっ……ぅう、っっふ――……！」

サリエの極みもリュークの射精も、一瞬では終わらなかった。

引いたかと思ったらまた次の波が来て、意識が何度も高みに打ち上げられる。

体内で噴き上がる濁液も、どくっ……どくんっ……と間隔をあけて吐き出され、半分以上が結合部からごぷりと零れ落ちた。

「ああ、サリエ……今夜も素晴らしかったです……」

リュークが陶然と囁き、腰を引いた。

ずるりと抜け出ていった衝撃にさえ、サリエは感じて身震いした。

唾液でべとべとになったガウンの紐を解かれると、喘ぐ喉に乾いた空気が流れ込み、咳き込んでうずくまってしまう。

「すみません、息苦しかったでしょう」

返事のできないサリエをよそに、リュークは床に降りてしゃがみ込むと、寝台の下に手を伸ばした。

「口を塞いでしまうと、サリエの可愛い声が聞こえないのが難点でしたね。代わりにというわけではないですが、これを着けていてください」

じゃらっ――と重い金属の鳴る音がした。

サリエは目を疑った。

立ち上がったリュークが手にしていたのは、黒い鉄の輪がついた鎖だった。

唖然としているうちに、サリエの右足首にがちゃんと足枷《あしかせ》が嵌められる。

鎖の逆端は寝台の脚に結びつけられており、肌にひやりと添う冷たい枷は、叩いても引っ張ってもびくともしなそうだった。

「……どうして……？」

興奮の余韻が瞬時に冷めて、サリエは怯える目でリュークを見上げた。

これではまるで奴隷か、飼われる獣だ。

「言ったでしょう。あなたの身を守るためです」

「こんなことしなくたって逃げないわ」

「申し訳ないですが信じられません。サリエだって、今の俺のことを信用できていないでしょう？」

そう言われると、嘘でも「違う」とは答えられなくなる。

痛みを堪えるように微笑んだリュークが、サイドテーブルの抽斗から新たなガウンを取り出した。

「着替えを置いておきますね。――許してください。本当にあなたのためなんです」

「待って……！」

ここまでのことをする事情があるのならば、話してほしい。

そう願うサリエを置き去りにして、リュークは部屋を出て行った。

鍵こそかけられなかったが、鎖を限界まで伸ばしたところで、閉ざされた扉まではきっと届かないだろう。

「なんなの……本当に、なんなのよ……」

誰よりも愛していたリュークのことが、今となってはまったく理解できない。

枕に顔を埋め、頭皮に爪を立てて、サリエは溢れる嗚咽を噛み殺した。

6 淫らな聖女の甘い罠

ひゅるひゅると、喉の奥で木枯らしのような音が鳴る。

その気配を感じた次の瞬間には、たちの悪い咳が止まらなくなる。

「けほ、けほっ……がっ……ひゅっ、――は……！」

終わりの見えない発作に、サリエは海老《えび》のように体を丸め、寝台の上で咳き込み続けた。

また熱が上がってきたせいで、全身がじんわりと汗を噴き、自分が汚い気がしてたまらなかった。昨夜、リュークが部屋に大きな盥《たらい》を持ち込み、髪も体も丁寧に洗い上げてくれたばかりなのに。

（……昨日？　ううん、一昨日だったかしら……）

ようやく咳が治まった。

サリエはぼんやりと思いを巡らし、いくら考えても正解がわからないことに諦めて溜息をついた。

この家に監禁されてから、一体幾日が経ったのだろう。

十日くらいかと思えばそんな気もするし、一カ月だと言われれば信じてしまう。

窓のない部屋に閉じ込められ、日の光を一切浴びない生活は、サリエの体内時計をいとも簡単に狂わせた。

食事の回数を数えていれば少しは手がかりになっただろうが、それも食べたり食べなかったりなので、すぐに曖昧になった。この部屋で過ごすサリエは、大半の時間をとろとろと微睡《まどろ》み続けていたからだ。

病が進行し、今のように発熱するたび、体が回復のための休息を欲していたという理由もある。

それ以上に、眠りにでも逃避していなければ、様々な不安に駆られておかしくなりそうだった。

まず気になったのは、聖女としての責任問題だ。

いきなり消えた自分とリュークのことを、神殿側は駆け落ちしたとでも思っているのではないか。何せ、そういう前例はすでにある。

カナリーだけは、サリエがリュークと別れたがっていたことを知っていたから、不測の事態が起きたと察しているかもしれない。彼女にも心配をかけていると思うと、ただただ申し訳ない気持ちになる。

互いの家にも事態が伝わっているなら、サリエの両親は娘の行方を案じて、胃に穴が空く思いだろう。オルスレイ侯爵の場合は、家名に泥を塗られたと怒り心頭に違いないが。

何よりも悩ましいのが、今の自分とリュークの関係だ。

リュークは相変わらず穏やかで、食事や着替えなど献身的に世話を焼いてくれるが、その間も足枷が外されることはない。

例外は、羞恥を堪えて手洗いに行きたいと訴えるとき。

その場合は小さな鍵で枷を外され、リュークの付き添いの上で部屋を出してもらえた。さすがに用を足すところまでは監視されなかったが、逃げ出す隙は皆無だった。

もうひとつの例外は、リュークがサリエを抱くときだ。

体位に変化をつける途中で、鎖が邪魔になるからだろう。連日のように彼はサリエの体を求め、昼も夜もなく執拗に愛《め》でた。

初めこそ抵抗していたが、そのたびに例の媚薬を使われ、なしくずしになってしまう。

情けないことに、最近では薬がなくともリュークに触れられるだけで、あそこが勝手に潤んでしまう始末だ。

『決して逃げようなんて気を起こさないくらい、俺との行為に溺れてください』

そう告げたリュークの思う壺になりかけている気がして、サリエは唇を噛む。

(違う――私はまだ諦めてないもの)

体を交わしてからというもの、リュークがサリエに向ける執着は、【一周目】のときより明らかに深まっていた。

このまま自分が病で死ねば、彼の絶望は【一周目】の比ではない。きっと今回も同じように後追いをされてしまう。

（それだけは避けなくちゃ。今のうちに、リュークの前からなんとかして姿を消さないと）

寿命が尽きるまでどこかに身を隠し、彼の知らない場所で一人で死ぬ。

リュークに嫌われる計画が頓挫《とんざ》した以上、それだけが今のサリエの望みだった。

もちろん彼は必死になって、消えた恋人を捜し回るだろう。

だが、いくら追ったところで、サリエはすでに手の届かない場所に旅立ってしまっている。いつか自分のことなど忘れて、新たな人生を歩んでほしい。

寂しくないといえば嘘になるが、リュークに生きてもらうためだ。

（だって……私は何をされても、リュークを嫌いになれないから……）

産みの母に死なれ、父と兄には虐待を受け、リュークは子供の頃から不遇な目にばかり遭ってきた。

サリエとの再会を目標に生きてきたと言われたときは嬉しかったが、それだけをよすがにしている彼が危うく見えたのも本当だ。

幸い、今のリュークは無力な子供ではなく、剣の腕があればどうにでも暮らしていける。

自分の死後も生きる理由を見つけて、幸せになってほしいと願わずにはいられなかった。

(隙をついて、どうにか家の外に……この体がまだ動くうちに)

今のところ、病はそこまで重症化してはいなかった。

時折熱が出て咳き込むが、【一周目】の末期のように血を吐いたりはしていない。リュークの前でも発熱することはあるが、行為のあとの汗が冷えたせいだと誤魔化した。

そのたびにリュークは、ひどく申し訳なさそうな顔をした。

『無理をさせてしまい、すみませんでした』

解熱剤を飲ませてくれたり、そばについて水枕を取り換えたりと、いつにも増して甲斐甲斐しく世話を焼いた。

そういうときのリュークは、【一周目】の彼と同じようで、サリエは切なくなる。

心配そうな顔をもう見たくなくて、自分の心の平穏のためにも離れなければいけないと思ってしまう。

(それにしても、今日は遅いわ……またどこかに出かけてるのかしら?)

この部屋には時計もないし、うとうとしていたから定かではないが、体感として半日以上はリュークの顔を見ていない。

部屋の外にも気配を感じないし、おそらく外出しているのだろうが、買い出しにしては時間がかかりすぎている。

この暮らしが始まってから、そういうことはたびたびあった。

何をしているのかと尋ねても、

『俺がいないとそんなに寂しいですか？』

とはぐらかすようにキスをされ、情事に雪崩《なだ》れ込まされてしまう。

神殿から脱走している以上、人目につくことは避けたほうがいいはずなのに、出かけなければいけないなんらかの理由があるようだった。

サリエは寝返りを打ち、掛け布を頭まで引き上げた。

（——早く帰ってきてほしい）

そう思うのは、一人ぼっちが心細いからではない。

この場所から逃げ出すために、今日こそ試したいことがあるからだ。

そこからさらに数時間が経った頃、リュークはようやく帰宅した。

「戻りました。遅くなって申し訳ありません」

「……お帰りなさい」

扉の開閉音がし、リュークに声をかけられたのを合図に、サリエは身を起こした。

いかにも物憂げに、つい今しがたまで眠っていたのだと見えるように。

「サリエの好きな店のカスクートを買ってきました。食べられそうですか？」

「うん……いただくわ」

おあつらえ向きに、今の体調は悪くなかった。空腹感もほどほどにあったので、手渡されたカスクートにかぶりつく。

寝台の上でものを食べるなんて行儀のいいことではないが、食事用のテーブルも椅子もない以上は仕方がなかった。

表面はぱりっと、内側はもちもちしたパンを咀嚼《そしゃく》するたび、生地に染み込んだバターの風味と、ハムとチーズの塩気が舌の上で絡み合う。

「……美味しい」

「そうですか、よかった。」

「ありがとう。ほんとに美味し……――」

言いかけた瞬間、自分でも思いがけないことに涙が込み上げてきた。

このカスクートはとても美味しい。

今はまだ食べられる。歯で嚙み締めて味わい、喉で嚥下《えんげ》し、内臓で消化もできる。

けれどこの後、自分はどんどん調子を崩して水すら飲めない体になるのだ。

もう一度食べたかった好物はまだまだあるのに。

家族のもとにも帰りたかったし、リュークと一緒に行きたいところや、したいことだってたくさんあったのに。

涙を散らすように瞬きを繰り返すサリエを、隣に座ったリュークが覗き込んだ。

「どうかしましたか？」

「リューク……私……」

――死にたくない。

――これからもずっと、あなたのそばで生きていきたい。

口にしたい言葉を、サリエはぐっと呑み込んだ。

（駄目よ――私が死ぬことも、病気にかかってることも、絶対に悟られちゃ駄目）

余命いくばくもないと知られれば、たとえサリエが逃げおおせたところで、リュークが後を追わないという保証はない。

理由も告げず、身勝手に彼を捨てたひどい女になりきらなければ、リュークはいつまでもこの恋に囚われてしまうから。

「なんでもないわ。……ねぇ、それより」

カスクートを食べきったサリエは、上目遣いになり、ぺろりと唇を舐めた。

その仕種にリュークが見入っていることを確かめ、彼の肩にことんと頭を預ける。

「今日は、しないの……？」

甘えた声で口にするつもりが、わざとらしい棒読みになってしまった。我ながら演技が下手すぎるだろうと、顔を覆いたくなる。

だが、これに乗ってもらわないことには始まらないのだ。

「また熱でもあるんですか？」

訝《いぶか》しそうなリュークが、互いの額を接触させて体温を確かめようとする。

今が好機だと、サリエは身を乗り出してリュークの唇に口づけた。

「……っ……!?」

息を吞む彼の襟元を引き寄せ、さらに接吻を深くする。

いつものリュークのキスを思い出し、記憶を辿りながらサリエは真似た。

自分から舌を差し入れて、硬い上顎をなぞる。互いの唾液を交換するように、くちゅくちゅと音を鳴らして掻き混ぜる。

最初はされるがままだったリュークが、何を思ったのか、ふいに攻勢に転じた。

たどたどしく泳ぐサリエの舌を押し返し、彼のそれが積極的にくぐり入ってくる。

「ふ……ぁんっ……」

舌の付け根を強く吸われ、腰回りがぞわぞわした。

口の中を丹念に舐め回しながら、彼の手はサリエの首筋を遡り、敏感な耳朶《じだ》をくすぐるように捏ねている。

それだけで、サリエは早くもリュークに身を任せたくなった。もう媚薬を使う習慣はなくなったのに、彼の舌も指もサリエを容易く快楽の淵へ導いてしまう。

(でも、今日だけは流されちゃ駄目……！)

ぶはっと唇を離すと、からかうような表情のリュークと目が合った。

「珍しいですね。サリエのほうからしたくなった？」

「……そう」

嘘だと思われないよう、サリエはリュークの腕にしがみついた。

「いつもは『嫌』『やめて』と泣くくせに？　俺の帰りが遅かったから、一人で慰めているうちに物足りなくなったんですか？」

羞恥心を煽ることばかり言われるが、これくらいで恥ずかしがってはいられない。なんといっても、これから自分はもっと大胆なことをするのだから。

「いいから、早く……っ」

もう待てないとばかりに息を弾ませて訴えると、リュークは心得たように頷き、ズボンのポケットから小さな鍵を取り出した。

鍵穴に差し込んで回転させると忌々しい枷が外れ、右足首が途端に軽くなる。

狙いどおりだと緩みそうになる表情を、サリエは懸命に引き締めた。

気持ちとしては今すぐ部屋の外に向けて駆け出したいが、それではすぐに追いつかれてしまう。

「ねぇ、来て？」

サリエはリュークを手招きし、寝台の中央へと誘導した。ヘッドボードを背にした彼の腰を跨いで膝立ちになり、身に着けたガウンの紐を自ら解く。

はらりと前がはだけ、乳房が覗いた。そこに視線を向けたリュークを、

「見ないで」

と恥じ入るように睨む。

「見ますよ。何度目にしていても、形も大きさも俺好みの胸なんですから」

「馬鹿。やらしい」

「いやらしい俺といやらしいことするのがご所望なんでしょう？」

なかなかいい流れを作れている気がした。

内心の緊張を悟られないよう、サリエはふふっと微笑み、手にした紐でリュークの両目を覆ってしまった。

「何をするんですか」

頭の後ろで作られた結び目に手を伸ばすリュークに、

「取っちゃ駄目」

とぴしりと命じる。

「この間、口を塞がれた仕返しよ。すごく怖かったし、苦しかったんだから」

「仕返しなら、俺にも猿轡をするのでは？」

まっとうな反論を無視し、サリエは澄まして答えた。

「今日は私がリュークをいじめてあげる」

「は？」

「何をされるのかわからないほうが、はらはらして怖いでしょ？　だから、目隠しはつけたままでいて」

「――なるほど」

笑いを含んだリュークの声は、お手並み拝見とでも言いたげだった。

「どうぞ。あなたにできるものなら、存分にいじめてください」

「……後悔させるから」

大したことはできまいと高を括っているらしいリュークにむっとして、サリエは彼の服に手をかけた。

シャツのボタンを外し、肩から滑らせて袖を抜く。目の前に現れた裸の胸に、いまさらながらどきりとした。

リュークが自分を抱くときは着衣のままのことが多いし、たとえ脱いだところで、一方的に翻弄されるばかりの場では、まじまじと観察する余裕もないからだ。

「やはり、気分が悪くなりませんか」

リュークが案じるように問いかけた。

一拍置いて、鞭打ちの傷のことを言っているのだとわかった。憐れみこそあれ、嫌悪感など少しもなくて、サリエは目についた胸の傷痕をそっと撫でた。

「これは証よ。何があっても、リュークが生きることを諦めなかった証」

「……そんなことを言うのはあなただけです」

物好きだとでも言いたげな口調だったが、触れること自体は拒否されなかった。

サリエはそのまま彼の肩に触れ、盛り上がった上腕を撫で下ろした。

（ほんとによく鍛えてる……）

女性と違って腰にくびれはないものの、ズボンの際から覗く腰骨と腹筋の陰影に、男性特有の色香を感じてどぎまぎした。

ついつい見てしまうのは、小粒ながら確かに存在している胸の突起だ。

授乳をしない男の乳首がなんのためにあるのかはわからない。触られてもなんともないかもしれないし、感度に個人差もあるかもしれない。

だが、サリエの考える「いじめ」は、ここから取り掛かるのがよさそうだった。

周囲の皮膚よりやや色の濃い乳暈を、サリエは円を描《えが》くようになぞった。わずかに膨らんだその中心を、さらにじっくりと捏ねてみる。

「何をするつもりかと思ったら、そんなところを……」

リュークが眉根を寄せ、息を詰めた。

目が見えないから感情が読みにくいが、単純に不快というわけでもなさそうだ。

「だめ？　触ってほしくない？」

「いえ、好きにしてください。あなたに開発されるなら本望です」

「開発って」

そこまで大仰なことができる自信はないのだが、ともあれやってみるしかない。

サリエはリュークの胸に顔を寄せ、小さな尖りにちゅっとキスをした。

何度も吸いつくうちに、唇に当たるものは少しずつ凝《こご》って硬くなる。その反応が自分と同じで、ひそかに安堵した。

(硬くなるってことは、気持ちいいってことよね？)

サリエの花芽もリュークの雄茎も、快感を覚えると硬くなって膨張する。

その原則に従えば、こうして乳首にキスされているリュークも気持ちがいいのだ。

サリエは舌を伸ばし、芯を持ったそこをぺろっと舐めた。そうしながら、もう片方の乳首は指先でこりこりと引っ掻く。

「っ――……」

リュークの肺が大きく膨らみ、息が洩れた。寒くもないはずなのに、その胸板はふつふつと粟立っている。

「気持ちいい？」

尋ねるとリュークは浅く頷いた。サリエの手を取って導いた先は、自分の脚の間だった。

「わかりますか？　ここがもう痛いくらいなのが」

「うん……わかるわ……」

衣服を隔てて盛り上がっている、欲望の熱い猛《たけ》り。

自分の手でリュークのそこに触れたのは初めてだった。見るからに窮屈そうなものを解放するべく、サリエは彼のベルトを外した。

もたつきながら前立てをくつろげ、下着とズボンを重ねて脱がす。

ぶるんっ――！　と弾みをつけて飛び出す肉棒と、浮き上がった血管の生々しさに、改めて息を呑んでしまった。

「そこもいじめてくれるんですか？」

全裸にされたリュークの声に、期待が混ざっているように感じるのは気のせいだろうか。

怯んでいることを気づかれないよう、サリエは平然を装った。

「そうよ。後悔させるって言ったでしょ」

両手で包み込んだ陰茎は、汗をかいたように湿っていた。初めてのことに戸惑いながら、力を込めて握ったり緩めたりと、揉み込むような動きを繰り返す。

「それも悪くはないですが、扱いてくださるともっと気持ちがいいです」

「扱く？」

「握ったまま、こんなふうに擦ることですよ」

リュークが右手で空を握り、手首を上下させた。その実演がどうにも卑猥で目が離せなくなってしまう。

「……やってみるわ」

勝手がわからないなりに、サリエは雄芯を摑む手をゆるゆると動かした。

鋼のようだと感じたそれは、表面を薄い皮膚に包まれており、中の芯だけが硬いのだった。周りの皮膚はぐにぐにして伸び縮みすることも、こうして触れて初めて知った。

「あの……これ、痛くない？」

「もっと強くても大丈夫です」

「そうなの？」

本当に知らないことばかりで、当惑の連続だ。

しゅっしゅっと擦りながら様子を窺うと、リュークの唇は引き結ばれ、呼吸が不規則になっていた。こんな拙いやり方でも快感を覚えてくれているのだろうか。

「……っ、は……」

切羽詰まった声とともに、手の中のものがひくんと震えた。

その瞬間に湧き上がった感情は、我ながら不思議なものだった。

さながら、鳥の卵が孵化《ふか》する場面に立ち会うような。

生まれ出ようとする雛《ひな》の命と、快感に悶える雄の象徴を重ねるのもおかしいが、行き着くところまで導いてやりたいと思ってしまった。

けれど、そんな優しい気持ちと口にする言葉は裏腹で。

「リュークのここ、もっといじめてあげる」

そういう行為が存在することは、官能小説に書かれていた。

まさか自分が実践する羽目になるとは——と思いながら顔を伏せ、サリエは肉棒の先に口づけた。

「っ……!?」

見えなくても何をされているか、感触でわかるのだろう。

肩を大きく揺らしたリュークが、信じられないように呟いた。

「もしかして……口で？」

サリエは答えず、唇を這わせて先端を愛撫した。張りつめた亀頭の窪みからは、汗と先走りの混ざった匂いがむわりと青臭く立ち込める。

「今のサリエを、とても見たいのですが——……」

切望といってもいい声音だった。

「駄目。勝手に目隠しを外したらやめるから」

「喉から目が出るほど見たいです」

「それじゃオバケじゃない」

小さく噴き出した拍子に、こちらの緊張も緩んだ。

サリエは舌を伸ばし、膨らんだ亀頭を舐めてみた。初めて感じるリュークの味は、しょっぱくて少しだけ苦かった。

「……っ……」

リュークの眉間に皺が寄り、腿の筋肉が張りつめた。

自分が彼を気持ちよくさせているのだと思うと、さらに色々なことを試したくなる。

舌先で尿道口をくじってみると、リュークの下腹がびくついた。

ここが特に敏感なのだと気づいたサリエは、重点的にそこを攻めた。唇で亀頭をはむはむしながら、小さな孔を狙って細かく舌を躍らせる。

「……っ、ふ……ぁ、――はっ」

かすれた息遣いに、サリエの体も熱くなった。自分の舌戯でリュークを快感に導けていることに、興奮を隠せなかった。

――してやっているのではなく、してあげたい。

――自分からリュークにこうしたい。

衝動のままに、サリエは口を開けて男根を迎え入れた。

大きすぎて半分ほどしか含めなかったが、唇をすぼめて吸いつき、ぎこちなく上下に首を振ってみる。

「ひどいことを……」

リュークが切なそうに抗議した。

「サリエがこんなにいやらしいことをしてくれているのに、見られないなんて拷問です。本当にあなたは意地悪ですね……」

リュークの片手が伸びて、サリエの口元に触れた。

ふっくらとした唇が、己の猛りを咥えている様子を確かめると、詰《なじ》りながらも頬が恍惚の色に染まる。

そんなリュークを見ているうちに、サリエのあそこもじゅんと潤んだ。

いつもならさんざん弄られる場所に刺激がないのが切なくて、彼から見えないのをいいことに、太腿をもじもじと擦り合わせた。

「う……ん、……ぅ、あむ……」

唾液をたっぷりまぶし、肉塊をねろねろと舐めしゃぶる。

少しでも快感を与えようと、口に収めきれない部分は懸命に手で扱く。

刺激を注がれる雄のものは、透明な先走りをひっきりなしに零し、鍛え上げられた腹筋も波を打った。

「これ以上は……いけません」

リュークが息を乱して訴えた。

「ここで止めてくださらないと、あなたの口の中に出してしまう」

「我慢しないで。――リュークが好きだから、私はいいの」

サリエはとびきり優しく囁いた。

「いじめたいなんて言ったのは、嘘。リュークを気持ちよくしてあげたかったけど、こんな姿を見られるのは恥ずかしくて……だから、嘘をついて目隠ししたの」

サリエの告白に、リュークは虚をつかれているようだった。

沈黙が続き、サリエは内心でひやひやした。

（さすがに怪しまれちゃった？）

リュークの精を口で受け止める覚悟はあったが、いきなりこんな真似に出れば、裏があるのではと思われても不思議ではない。

「――でしたら」

少しの間を置いてリュークが言った。

「どうせなら、サリエの中で出させてください」

「えっ、でも……それじゃいつもと」

「同じではないです。サリエのほうから俺の上に乗って、存分に犯してもらえますか？」

ぎょっとしないではいられない要求だった。

女性が上に乗って交わるやり方があることは、一応は知っている。けれどもリュークとの間では、一度もしたことはなかったから。

「俺を気持ちよくさせてくれるんでしょう？」

　もしかすると、リュークは自分を試しているのかもしれない。

　ここで疑われるわけにはいかないと、サリエは腹をくった。正直なところ、口姪を施すうちに体が疼いて、このままではおさまりがつかないことも事実だった。

「横になって、リューク」

　サリエが言うと、リュークは身を横たえた。

　一糸《いっし》纏わぬ体の中心では、唾液に濡れた雄肉が隆々とそそり勃っている。

　──これから自分は、この剛直を好き勝手に貪っていい。

　空腹時に好物を目にしたときのように、ごくりと喉が鳴った。

　サリエはリュークの下肢を跨ぎ、屹立に手を添えた状態で腰を落とした。

「……ん……はぁ……っ」

　何もされずとも濡れそぼった場所に、先端を擦りつける。

　蜜だけはたっぷり溢れていても、サリエの内側はまだ狭かった。みちみちと閉じた媚肉が抵抗し、簡単には挿入に至らない。

　サリエの焦りを察したのか、リュークが助け舟を出した。

「難しいですか？　体の力を抜けば自然と入っていきます。たとえば、こんなふうに

「……」

「ああんっ――！」

性器同士の接触部分から、わずかに上。

肉芽を覆う莢を押し上げ、現れた雌芯をリュークが親指で巧みに愛撫した。

潤沢な液をぬるぬると塗り込められて、甘い痺れが駆け抜ける。蜜道の強張りが我知らず解《ほど》けて、肉棒の先がつぷっ――と潜り込んだ。

「ふぁああ、入って……っ」

愉悦が全身に伝播《でんぱ》して、両の乳首は木の実のように硬く尖った。

受け身で挿入されるより、自分から雄茎を呑み込むほうが、どれだけ太くて長いのかがよくわかる。

これで終わりかと思ったらまだ半分で、いつも本当にすべてを収められているのか信じられなくなる。

「まだですよ、サリエ。もっと下りてきてください」

「っ、ぁん！　だめ……そこ、だめぇ……！」

腰が止まるとリュークがすかさず秘玉を捏ね回すので、休ませてもらう暇もない。

やっとのことで余さず咥え込み、サリエは肩で息をした。

「これで、全部……いっぱい、だから……」

「頑張りましたね」

　リュークが口元を綻ばせ、褒めてくれた。

「ですが、これだけでは終わりませんよ？　サリエのほうから腰を振って、めちゃくちゃにしてくださらないと」

　視界を奪われ、組み敷かれている状況で、どうしてリュークはこう余裕なのだろう。

　言われるままに、サリエは腰を前後に揺すってみた。

　少し動いただけで、肉の楔が内部をぐりゅっと擦る。ぐちゅぐちゅと卑猥な水音が響いて、どれだけ濡らしてしまっているのかと恥ずかしくなる。

「いいですね。相変わらず、この目隠しが邪魔ですが」

　リュークのほうも気持ちがいいのか、深い息をついた。

「これさえなければ見えるのに。動くたびに弾む乳房も、俺のものでぱっくり割られて、お漏らしをしたみたいにぐしょぐしょのあそこも……」

「い……言わないで、そんなこと……」

「口をつぐんでも想像は止められませんから。乳首は赤くなって腫れていますか？　それとも、クリトリスのほうがもっと充血していやらしく光っていますか？」

「聞かせないでったら……！」

　指一本触れていないのに、リュークは言葉だけでサリエの全身を嬲った。

節操のない乳首も陰核も、彼の言うとおりに弾け飛びそうに尖っている。

物理的に見えているはずはないのに、情けないほど発情した様子が何もかも伝わっている気がした。

「……っあ、……うぅん……はぁ……っ」

羞恥心が増すほど、快感を求めて腰が大振りに揺れる。

リュークの上に跨って淫猥なダンスを踊るたび、肉鉾に絡みつく粘膜がぐちょぐちょとはしたなく鳴った。

「これ、リュークも気持ちいい……？」

こんなに恥ずかしい思いをしているのに、よくないと言われたら泣いてしまう。

涙まじりに尋ねると、リュークは頷いてサリエの腰に手を回した。

「気持ちいいに決まっているじゃないですか。何も知らなかった無垢なあなたが、自分から口淫と騎乗位をしてくださっているんです。いじらしくて、可愛くて、たまらない……っ」

「ひぁあっ!?」

いきなり下から雄茎を突き立てられ、お腹が破れるかと思った。

逃げを打つサリエの腰を押さえ込み、リュークはがつがつと肉杭を打ち込んでくる。

「待って、だめ！　リュークから動くの、んっ、だめぇ……！」

「ですが、こうするとサリエも気持ちいいでしょう？」

「いい、けど……ぁあっ、深い！　深いの、やぁあっっ……！」

いくら気持ちよくても、これではいつもと同じだ。自分ばかりがさんざん達かされ、前後不覚に陥るだけ。

（駄目なの……今日だけは、先にリュークを……）

ぎりぎりのところで己を律し、サリエは反撃に転じた。

さきほどの反応を思い出し、顔を伏せてリュークの乳頭に舌を這わせる。ぷつんと膨らんだそこを強く弾くと、頭上で彼が呻いた。

「っ……そう来ましたか」

「そうよ……いつもリュークにされてるから、お返し……んっ……」

下肢を繋げたまま乳首を舐められると、快感を拾う感覚が研ぎ澄まされて、サリエはすぐに達してしまう。

願わくばリュークも――と念じながら舌を遣い、硬度を増した雄芯を揉み絞るように腰を回した。

「……は……っ……」

リュークの声がかすれ、湿り気を帯びる。

煽情的な様子に子宮がきゅんと疼くが、サリエは必死に快楽を押しやった。

初めはあるかなきかだったリュークの胸の突起は、熱を持って腫れている。肉棒も苦しそうに脈打っているし、極みは遠くないはずだ。

「んっ……リュークの、びくんってしてる……私の中で、もっと気持ちよくなってね……」

気力も体力もあと少しで限界だ。

それらを使い果たさないうちに、リュークに気を遣《や》らせなければ。

これが最後のつもりで、サリエは激しく腰を振り立てた。

襞の蠢く花筒で、膨張した肉茎をぐちゃぐちゃに食らい尽くす。口に含んだ乳首を甘噛みすると、リュークの背がしなって弧を描《えが》いた。

「――サリエ、っ……もう……！」

陥落を前にした男の声は、こんなにも艶っぽいものなのか。

目隠しをさせたのは自分のくせに、サリエはそれを外したくてたまらなかった。

自分の下で喘ぎ、絶頂に悶えるリュークが、どんな表情で欲望をぶちまけるのか、叶うならこの目で見たかった。

「リューク、好き……大好きよ……」

彼の頭を抱え込み、サリエは耳元に囁いた。

蜜をまぶしたような甘い声で。

快楽に流され、この瞬間のことしか考えられない、愛らしくも愚かな女を演じて。

「愛してる……ずっと一緒にいたいから、私の奥で、いっぱい出して……？」

「――く……っ！」

サリエの腰を摑む手に、骨を砕かんばかりの力がこもる。

最後の最後に、リュークは真下からこれでもかと剛直を突き立てた。

子宮口を殴られる衝撃に頭がくらくらし、絶頂の大波に攫われかける。

（だめっ……耐えなきゃ……！）

一抹の理性を駆り立て、サリエは腿に爪を立てた。血が滲むほどの痛みのおかげで、かろうじて我を忘れずにすんだ。

あと少しで達せるのにおあずけを食らった蜜洞の中で、リュークだけが思う様《さま》に体液を噴き上げる。

「うっ……く、ぁ……――っ！」

リュークの分身がびくびくと跳ね、狭い場所が熱いもので満たされていく。

体感的には短くないが、実際はさほど長くもない時間。

どんな男性でも無防備にならずにはいられない、そのわずかな瞬間に。

（今よ……！）

寝台の隅に転がる足枷に、サリエは手を伸ばした。

吐精を終えて脱力するリュークの左手首に、がちゃん！　と素早く鉄輪を嵌めた。

「っ……!?」

異変を察したリュークが、自由な右手で目隠しを毟り取る。

彼が見たものは、股間から白濁を滴《したた》らせて立ち上がり、戸口に向けて駆け出すサリエの姿だった。

「……ごめんね」

扉を背にして振り返ったサリエは、震える手に鉄枷の鍵を握りしめていた。

リュークの服を脱がせる隙に、ひそかに抜き取っておいたものだ。

「この鍵は渡せないの。だけど、リュークならそのうち自力で逃げられるでしょう？」

鎖の逆側にも同じような鉄の輪がついており、寝台を支える脚の部分に通されていた。

非力なサリエではどうにもならなかったが、リュークなら力ずくで寝台を壊して脱出することができるだろう。

その間に自分は逃げる。

リュークのもとを去り、誰にも知られない場所で一人で死ぬのだ。

「……嘘……だったんですか？」

リュークが呆然と呟いた。

サリエに騙されたことを頭では理解しながら、まだ信じたい、信じさせてくれと、揺れ

る瞳が訴えていた。

「俺を好きだと……愛していると……ずっと一緒にいたいと言ってくださったのは、全部……？」

さぁ。一世一代の大芝居だ。

「そうよ」

サリエは冷ややかに言い捨てた。

憎んでくれていい。

失望してくれればいい。

目的のためにはなりふり構わず媚態を晒す狡猾《こうかつ》な女だと、見下げ果ててくれて構わない。

「リュークのことがずっと怖かった。私の意志を無視して抱いたことも、こんな場所に一方的に閉じ込めたことも許せない。……あなたなんか、今はもう大嫌い」

「サリエ……――！」

「さよなら」

断腸の思いで言い放ち、サリエは身を翻した。

あれほど難攻不落に見えた部屋の戸は、簡単に開いた。どんな間取りの家に監禁されていたのか気になっていたが、今はよく見る余裕もない。

少なくとも、迷うほどもない小さな家だった。無我夢中で走り抜け、外にまろび出たところで、サリエは顔の前に手をかざした。

（眩しい……！）

網膜をちりちりと炙《あぶ》るのは、昇りかけの朝日。

狭い土地に歪んだ建物がひしめくスラムが、長い夜から目を覚ますところだった。

闇に覆われていた様々なもの――誰かの吐瀉物《としゃぶつ》や、ゴミ箱を漁る太った鼠や、地面に倒れた生死の怪しい浮浪者など――が日の光に晒される様は、化粧を剝がれた寝起きの中年女のようだ。

だが、日にちの感覚もなければ、昼夜の区別もつかなくなっていたサリエには、そんな朝ですら新鮮だった。

深呼吸し、清浄とはいえない空気を吸い込んだところで、はたと自分の格好に気づく。

紐をなくしたガウンははだけ、下着どころか靴すら身に着けていなかった。

慌ててガウンの前を掻き合わせたが、こんな格好でどこに行けばいいのか途方に暮れる。

さらに悪い条件を述べるなら、身ひとつの無一文でもある。

それでも立ち止まっているとリュークが追いかけてくる気がして、サリエは小走りに路地を駆けた。野良犬に吠え立てられながら、足の裏に小石やガラス片が刺さっても、必死に脚を動かす。

けれど、それも長くは続かない。

「っ……！」

膝の力が抜け、サリエは前のめりに転んだ。

ずっとろくに動いていなかったせいで、筋力が想像以上に落ちていたらしい。掌と顎をすりむき、痛みを堪えて身を起こそうとしたところで、厄介な咳の発作がやってきた。

「けほ、げほっ……ぐ――かはっ……！」

咳き込み続けるうちに、体の奥から熱い塊がせり上がってくる。

(駄目、吐く……っ)

嘔吐の衝動に喉が鳴り、押さえた口元から溢れたものは、予想したような色ではなく、どろどろしてもいなかった。

水のようにさらりとした、鮮やかに目を射る真紅だった。

「……あ……――」

掌を濡らす真っ赤な血に、体が細かく震え出す。

【一周目】の人生では、初めての吐血後に体調が急激に悪化した。前回と同じなら、ここから命を落とすまで半月ほどしかないはずだ。

すべてが虚無に呑まれるあの瞬間をもう一度迎えると思うと怖いのに、サリエはどこかで安堵していた。

間に合った。今回はリュークにこの喀血《かっけつ》を見せずにすんだ――と。

（よかった、病気のことを知られる前に逃げられて……）

なんなら、このままここで息絶えてしまってもいいのかもしれない。

行き倒れの死体として処理されれば、永遠に行方知れずのまま、リュークの前から消えることができる――……。

「ちょっと、あなた大丈夫!?」

ふいに慌てた声が降ってきて、肩を揺り動かされた。

「えっ、血？　もしかして肺病？　触っちゃった、どうしよう……って、この子どこかで会ったような……――あ！」

めまぐるしく喋る女性の顔が、霞んだ視界に映り込む。

円《まる》く見開かれた緑の瞳と、豊かな胸元に零れ落ちる赤毛。

肩を出したスリップドレスに、ショールを羽織っただけのしどけない格好。

それは知らない顔ではなかった。

二年前にこの界隈で行き会った、【夜啼き猫】という娼館で働く女性。

サリエに対して牽制するような視線を向けてきた、リュークの幼馴染みのミレイアだ。

「あなた、リュークと一緒にいた聖女でしょ？　どうしてこんな場所で倒れてるの？」

ミレイアのほうも、サリエのことを思い出したらしい。

眉をひそめる彼女の背後から、誰かがひょいと顔を出した。

「どうしたんだい、ミレイア？」

「テオ様」

そう呼ばれた男を見上げ、サリエはさらに驚いた。

そこにいたのは、カナリーの婚約者であるテオドールだった。

帽子を目深《まぶか》にかぶり、地味な服を着て一応の変装はしているが、見間違えるわけもない。

この国の王太子であることを知ってか知らでか、カナリーは気安い愛称で彼を呼び、その腕に腕を絡ませた。

どういう関係なのかと思いを巡らせるより先に、テオドールが素っ頓狂に叫んだ。

「えっ、サリエ!?　サリエだよね!?　リュークと一緒に神殿から駆け落ちしたんじゃなかったの!?」

「テオ様、この子と知り合いなんですか？」

ミレイアの声が怪訝《けげん》そうに尖った。

「清純でなくちゃいけない聖女のくせに、テオ様にまで色目を使って……しかも、リュークと駆け落ちですって？」

「違う違う、そういうんじゃないよ！　僕とサリエは単なる知人！」

『単なる知人』に不埒な真似をしようとした事実は棚に上げ、テオドールは弁解した。

「知人だけど……道端で血を吐いて倒れてるなんて、さすがにこれはほっとけないよ」

テオドールは朦朧とするサリエを抱き起こし、四苦八苦して背中におぶった。

「ごめん、ミレイア。今日はこれで。また店に行くからさ」

「……約束ですよ！」

拗ねたような声を背後にテオドールが歩き出す。

どこに向かうのかと尋ねる力も、もはや残ってはいなかった。

いずこかの地点で馬車に乗せられ、揺られながら運ばれた気もするが、それすらも夢かうつつかわからない中、サリエの意識は闇に落ちていった。

7 太子宮にて

「つまりさ。男のマリッジブルーってやつなんだよ」

頭を掻きながら、テオドールはそう言った。

王宮の一画に建造された太子宮の、客人用の寝室で。

三日三晩も昏睡していたサリエが、ようやく目覚めた日の午後に。

「ミレイアの娼館《みせ》に通ってたのも、神殿の中庭で君に悪戯しようとしたのも、マリッジブルーのなせる業《わざ》ってやつで……後者に関しては本当に悪かったと思ってる！　ごめんね？

あれがきっかけで、暴走したリュークがサリエを攫っちゃったんだもんね？」

枕元に座ったテオドールが、ぱんっ！　と両手を合わせて詫びるポーズをとった。

ノリの軽さに呆れる反面、柔らかな羽根布団に埋もれたサリエは、この王太子をどうにも憎めなくなっていた。

女性に対する手癖こそ悪いが、彼は根っからの悪人ではない。

「駆け落ち」についてはなんらかの理由があるのだろうと推し量《はか》り、神殿にも実家にも居所を知らせずにいてくれた。

どのような方便を用いたのか、サリエを自身の宮殿にまで運び込み、医者にもかからせてくれた。行くあてのない身としては、それだけで充分にありがたかった。

だからサリエもぽつぽつと、概ねの事情を打ち明けた。

自分とリュークは、以前から恋愛関係にあったこと。

独占欲を燃やしたリュークが、一時《いっとき》の衝動から自分を拉致したこと。彼の油断した隙をついて、どうにか逃げ出してきたことも。

一線を越えたことまではさすがに言えなかったが、裸にガウンで倒れていた姿を見れば、テオドールもおおよそのことは察しているだろう。

経緯を聞いた彼は、大いに反省して謝った。その言い訳とやらが、

「『男のマリッジブルー』……ですか」

言葉を発すると、また少し咳が出る。

ご丁寧に水差しを渡してくれたのち、テオドールは首を傾げた。

「知らない？　マリッジブルー。結婚にまつわる環境の変化が不安で、気分が落ち込んじゃうっていう……」

「言葉の意味なら知っています」

サリエは吸い口に唇をつけ、口内を湿らせた。一気に飲むとまた噎《む》せて、喀血に繋がる

かもしれないから慎重にだ。

「ならわかってくれる？　これで自由な独身時代ともおさらばかー、って自棄《やけ》になって、女の子と遊ばずにはいられなかった僕の気持ち。婚約者のいる身で貴族の令嬢に手を出すのはさすがに問題になりそうで、身分を隠して娼館通いをしてたんだ。ミレイアは気が強そうに見えるけど、情が深くていい子なんだよ。もう一年くらい続いてるし、一緒にいると一時的にだけど不安がまぎれるから」

女遊びが過ぎたのは婚約前からでは？　と言いたいのを堪え、サリエは言葉を選んだ。

「テオドール様は何が不安なんですか？」

「結婚相手がカナリーだからに決まってるだろ」

歯に衣《きぬ》着せぬ答えに、サリエは面食らった。

「家柄も悪くないし、教養もあるんだろうし、大人しくて出しゃばらない、いい妃になると思うよ。ただ、彼女と一緒にいると、どうにも居心地が悪いんだよね。単純に好みじゃないってこともあるけど」

「好みといっても……」

「あー、うん。わかってる。好みや相性なんて、政略結婚じゃ二の次三の次だって。カナリーのことは、うちの両親がやたらと気に入ってるしね。あっという間に外堀を埋められて、僕の意思なんてどこにもなかった。だけど、それも仕方ないんだ」

テオドールは溜息をつき、肩を落とした。

「見てのとおり僕は放蕩息子だし、政《まつりごと》の手腕も並以下だから。身を固めるまでは好きにしていい分、結婚相手は親が選ぶっていうのが昔からの約束だった。カナリーみたいな面白みのない――じゃなくて、堅実な女性と一緒になれば、少しは落ち着くと思ったんだろうね。それに彼女は、僕の病気を治してくれた恩人でもあるし……あ、ちなみに」

一方的にまくしたてていたテオドールが、ふっと声をひそめた。

「その病気っていうのがなんだったか、サリエは聞いてる？」

そういえば、カナリーの口からも詳しく聞いたことはなかった。

サリエが首を横に振ると、テオドールは「そっか」と曖昧に笑って話題を変えた。

「病気っていえば、サリエのほうこそ大丈夫？　医者は、『肺病のように見えるが、他にも疑わしい病の症状を併発していて診断がつかない』とか言ってたけど、ヤブなのかな」

「いえ、そんなことは……」

はっきりした病名がつかなかったのは、【一周目】の時も同じだった。懸命に診てくれた医者が濡れ衣を着せられては申し訳ない。

「そもそも、聖女は自分の力で病気を治せないんだ？　意外と不便なんだね」

腕組みをするテオドールに、サリエはおずおずと申し出た。

「あの、私はもう大丈夫ですので……いつまでもこちらでお世話になるわけには……」

暗にここから出してくれと訴えると、テオドールは「だーめ！」と却下した。

「大丈夫なわけないでしょ。そんな体でどこに行くつもりなの？」

「ええと、実家……とか？」

「そんなの、神殿なりリュークなりにすぐ見つかっちゃうよ」

苦しまぎれの言葉は、当然のように反論された。

「サリエが望むなら、ファルス伯爵にはちゃんと居場所を知らせておくから。容態が安定するまではここにいたほうがいい。さっきはヤブ呼ばわりしたけど、王宮医より腕のいい医者は何人もいないだろうし……何より、僕がサリエに埋め合わせをしたいんだ。ちょっとした出来心で、本当に悪いことをしたと思ってるから――ごめん！」

深々と頭を下げられ、サリエは困ってしまった。

反省してくれるのはいいのだが、これでは監禁してくる相手がリュークからテオドールに変わっただけで、死に場所を選べないのは同じだ。

（一時的に保護してるつもりの病人が死んだら、テオドール様にまで寝覚めの悪い思いをさせちゃうわ）

ひとまず実家には知らせないでくれと頼んだのち、「感染《うつ》る病だといけませんから」と言い張って、テオドールには部屋を出てもらった。

しかし、隙を見て脱走するのは無理だとすぐに悟った。

太子宮の周囲には警護の兵もいるし、サリエ自身、手洗いに立つにもメイドの手を借りなければいけないほど衰弱していたからだ。

一時的にでも調子がよくなれば――と希望を繋ぐも、容態は日に日に悪化した。

太子宮に匿われるようになって十日も経つ頃には、一日に一度は血を吐いて、医者からも手の施しようはないと匙を投げられる始末だった。

もはや意識が明瞭な時間のほうが少なく、自分がどこにいるのかも忘れてしまう。

最後に食事をとったのはいつだったか。

最後に会話らしい会話をしたのは誰とだったか。

鉛と入れ替わったように重い体は、異様に熱い部分と冷えた部分が混在し、のぼせているのか凍えているのかもわからない。

そんなある日のことだった。

「……リエ……サリエ、聞こえてる？」

テオドールの声が遠くから聞こえた。

頷くことも声を出すこともできなかったが、うっすらと瞼を開けることだけは叶った。

ぼやけた視界の中、テオドールの横に誰かが立っている。

「今日は……を連れてき……よ。少しでも……――って……友達なんだから」

「ええ、……エは……の親友です」

涙まじりの声がして、顔の上に影が落ちる。

ようやく目の焦点が合って、自分を覗き込んでいるのが誰かを知った。

垂れ下がった眉に、榛色の潤んだ瞳。

栗色の髪をきっちりとまとめ、見慣れた神殿のお仕着せを着た彼女は。

「……カナリー……？」

「私がわかるの!?」

カナリーは声を裏返し、サリエの手を握りしめた。

「いきなり行方不明になったと思ったら、こんなところにいたなんて……心配したのよ。すごくすごく、夜も眠れないくらい心配したんだから！」

思いが迸るせいか、力いっぱいに握られた手は痛いほどだ。

思わず顔をしかめれば、カナリーは涙にくぐもった声で言った。

「苦しいのね？　ここまで悪化する前に、私に相談してくれればよかったのに……」

「君の力で治せそう？　医者は何もできないって言うし、頼れるのはカナリーしか思い浮かばなかったんだ」

「正直、難しいかもしれません。聖女の力は万能ではありませんから」

テオドールの問いに、カナリーは神妙に答えた。

「それでも、できる限りのことはいたします。申し訳ありませんが、集中する必要がありますので二人きりにしていただけますか？」

カナリーに促されたテオドールが、部屋を出て行く気配がした。

閉じた扉を見やったカナリーは、そのまましばらく動かなかった。

一分が過ぎ、二分が過ぎ――異様にも思える間を置いて振り返ったとき、カナリーはサリエの知る彼女の顔をしていなかった。


「まだ生きてたの？　この死に損ないが」


吐き捨てる唇はめくれて歪み、気弱そうに垂れていた眉は、見たことのない角度で吊り上がっていた。

「もうとっくに死んだと思ってたのに、どうやってテオドール様の懐にまで潜り込んだの？『たまたま街で出会っただけだ』なんて言ってたけど、そんなわけないわよね。あんたがテオドール様のお気に入りなのは知ってたけど、リュークを捨ててまで取り入ろうとしてるとは思わなかった」

何を責められているのかわからない。

ただ、カナリーがひどく怒っていることだけはわかる。

それに――この言い方だと、もしやカナリーは、サリエが病に冒されていることを以前から知っていたのだろうか？

豹変した友人の姿に戸惑い、何か誤解があるのだと言いたかったが、舌はもつれて言葉を紡《つむ》いでくれなかった。

そんなサリエを見下ろし、カナリーは歌うように告げる。

「鈍いサリエ。間抜けなサリエ。ねぇ、知らなかったでしょう？　私はね。あんたのことが、出会ったときから大嫌いだったのよ」

愕然とするほかなかった。

『サリエは大事な親友だもの』

『私にはサリエしか頼る人がいないから』

カナリーは何度もそう言ってくれていたのに。

「どう、して……」

「あんたは本物で、私は偽物だから」

（――偽物？）

どういう意味かと目で問うサリエを、カナリーは鼻で笑った。

「どうせもう、あんたは長くないから教えてあげる。私の持つ力は、周りが思ってるようなものじゃないの。皆ずうっと、私のはったりに騙されてきたのよ」

◆　◆　◆

バーデン伯爵家の長女として生まれたカナリーが、初めて自分の能力に気づいたのは、十歳の頃のことだ。

当時、彼女には生まれて間もない腹違いの弟がいた。

カナリーの実母は地味な風貌の、大人しい女性だった。妻から文句を言われないのをいいことに、バーデン伯爵は大っぴらに浮気を繰り返し、そのうちの一人が身ごもった。

相手はとある子爵令嬢で、身持ちの悪さで評判だったが、既婚男性が未婚の令嬢を孕ませたことには変わりない。

責任を取れと相手の家族に詰め寄られ、弱ったバーデン伯爵が事情を打ち明けると、カナリーの母は粛々《しゅくしゅく》と離婚に応じた。度重なる夫の不貞に疲弊し、内心ではとっくに見切りをつけていたのだろう。

かくしてカナリーには、わずかひと回りほどしか違わない継母ができた。

彼女が産んだ赤ん坊は男の子で、待望の跡取りだとバーデン伯爵は喜んだ。

継母に対する反発はともかく、カナリーも赤ん坊は可愛いと感じた。暇さえあれば弟の顔を見に行き、不器用なりに懸命にあやした。

しかし生後三カ月が経つ頃、弟は流行性の熱病にかかり、生死の境をさまよっていた。

あと数日ももつまいと宣告された弟の手を握り、カナリーは涙を流した。

（この子は何も悪いことなんてしていないのに。罰が当たるなら、お母様を追い出したお父様や、後釜におさまったあの女のほうなのに）

（ラージュリナ様。できることなら、私を弟の身代わりにしてください……！）

不思議なことが起きたのはそのときだ。

荒かった弟の呼吸が穏やかになり、林檎のようだった顔からも赤みが引いた。

治った？　と息を吞み、天に感謝したのも束の間。

脚の力が抜けて、カナリーはその場に頽《くずお》れた。子守役の乳母が慌てて抱き起こすと、その体は燃えるように熱かった。

医者の診断によれば、カナリーは弟と同じ熱病にかかっていた。

姉も病気に感染し、弟は奇跡的に快復した——傍《はた》から見ればそういうことだ。

だが、あまりにも突然すぎて不自然なのは否めない。

まるでカナリーが祈ったとおりに、弟の病気をそっくりそのままこの身に引き受けたかのようではないか。

苦しむカナリーを後目《しりめ》に、父と継母は跡取り息子の無事をただ喜んでいた。

水を飲むのもつらい苦しみの中、カナリーは湧き出す憎悪に取り憑かれていた。

弟を助けたい気持ちは本心だったはずなのに、実際に自分が死ぬかもしれないと思うと、生への未練で泣き叫びたかった。

（誰でもいい。代わって。この苦しみ全部、誰かに押しつけてでも私は生きたい……！）

ちょうどそのとき、熱の具合を測るため、乳母がカナリーの額に手を当てた。

一瞬の後《のち》、カナリーの体は嘘のように楽になり、今度は乳母が病に倒れた。高齢の彼女の体力は三日ももたず、そのまま息を引き取ってしまった。

罪悪感に苛《さいな》まれる一方で、カナリーは考えた。

（もしかして、私が願ったとおりに病気が感染《うつ》った――ううん、移った……？）

偶然が短期間に二度も続けば、それは偶然とは言えない。

この世界には、女神ラージュリナの魔力を授かった聖女と呼ばれる女たちがいる。自分にもなんらかの力が眠っていて、このタイミングで顕現したのだとしてもおかしくはない。

おそらくそれは、「他人の病を我が身に引き受ける」能力だ。

それだけなら美しい自己犠牲だが、派生する裏の力――「引き受けた病を他人に転移させる」能力があることにも気づいてしまった。発動条件は、他人の体に触れながらそうしたいと祈るだけ。

仮説を裏づけるため、カナリーはひそかに実験を重ねた。風邪や腰痛を患う使用人たちに接触し、症状を「回収」したのち、第三者に移すことを繰り返した。

ふと思いついて試してみたところ、病を転移させる際は、相手の髪や爪といった肉体の一部が手元にあれば可能であることもわかった。

なんの取柄もない娘だと嘲《あざけ》られていたカナリーにとって、それは天地がひっくり返るような経験だった。

いざとなれば、他人を命がけで救って恩を着せることもできるし、気に入らない相手を病気にさせて苦しめることもできる。

(でも、駄目。この力はしばらく隠しておかないと)

浮かれそうになる心を、カナリーは懸命に制御した。

能力に目覚めたことが知られれば、強制的に神殿に連れていかれてしまう。聖女だなんだと持て囃しているようで、その実態は自由のない囚人に等しい。

(この力を、私は上手く使ってみせる。お父様を見返して、あの後妻を悔しがらせるようなとびきりの幸せを、絶対に手に入れるのよ)

雌伏《しふく》の時は、その後数年続いた。

転機が訪れたのは、カナリーが十六歳になった頃。

国王夫妻が息子の婚約者を探しているという噂を聞いたバーデン伯爵が、ありとあらゆる縁故を用いて、カナリーを候補にねじ込んだのだ。

普段は娘のことなど見向きもしないくせに、だからこそ、権力闘争の道具にすることに良心の呵責《かしゃく》を感じなかったのだろう。

だが、カナリーもカナリーで、虚栄心の強い父の血を引いていたということなのか。

王太子妃を経ていずれは王妃に――この国で最も高貴な女性の地位を手に入れることに、抗えない魅力を感じた。夜会ではいつも壁の花扱いで、ダンスにも誘ってもらえない今の立場から、誰もが羨む大逆転を遂げるとしたらそれしかない。

テオドールと顔を合わせる機会があるたび、バーデン伯爵は娘を着飾らせ、色仕掛けでもなんでもして籠絡《ろうらく》しろと発破をかけた。しかしカナリー自身は冷静に、不器量な身でそんなことをしても無駄だと見極めていた。

自分の切り札は、やはり秘められたこの能力。

うかうかしていては出遅れるばかりなのだから、一か八かやってみる価値はある。

折しも、屋敷の男性使用人の中に、具合を悪くして寝込む者が出た。

彼もまた女遊びの激しい男で、商売女から悪い病気をもらってきたという事情はメイドの噂話で知った。

カナリーは心優しい主人のふりをし、その男を見舞って問題の病気を回収した。

確かに下半身の病だったようで、用を足すたびに痛みが走り、嫌な臭いの膿が下着について、侍女たちを誤魔化すのが大変だった。

何故こんな情けない思いを……と歯噛みしたが、すべては目的を達成するためだ。

次に登城した際、カナリーはテオドールとすれ違いざま、まんまと病を転移させることに成功した。彼の普段の乱行からして、身に覚えはいくらでもあるはずだ。

ここで医者にかかられては計画が台無しだが、さすがにテオドールもばつが悪くて、誰にも相談できなかったのだろう。

彼が寝込んでいると聞いたカナリーは、満を持して太子宮に向かった。

見舞いに訪れたカナリーに、病床のテオドールは訝しげな表情を浮かべた。側近に耳打ちされて、カナリーが婚約者候補であることをようやく思い出した様子だった。

それでカナリーは、自分が思っていた以上に彼の視界に入っていなかったことを知った。

いっそのこと、このまま局部が腐り落ちてしまえ――とよぎる憎悪を押し殺し、テオドールの手を握る。

『どうかよくなってくださいね。ああ、テオドール様の苦しみを、私が代わって差し上げられればよろしいのに……！』

真摯に祈るふりをしながら、自分で移した病を再び回収する。

突如として引いた痛みに、目をぱちくりさせているテオドールを確認してから、

『あっ、痛い……痛い……！』

と下腹部を押さえて大げさに悶えてみせた。

急ぎ呼ばれた王宮医のもとで、カナリーは症状を告白し、未婚の娘にとっては恥辱でしかない触診まで受けた。

当然の成り行きで性病だと診断されたが、同時に生娘であることも立証され、医者は首をひねっていた。

カナリーも目に涙を浮かべ、純潔を訴えた。

『不埒な行為をしたことなど、一度だってありません。私はただ祈っただけです。テオドール様を助けたくて、身代わりになれるものならばと女神ラージュリナにお願いしました』

その証言がきっかけとなり、事態は動いた。

神殿の関係者が呼ばれ、カナリーに魔力があることが認められた。

一連の事情を知った国王夫妻は、頭を下げて詫びた。

不品行な我が子のせいで、嫁入り前の令嬢にひどい恥をかかせてしまった。責任は取らせるので、どうか息子の婚約者になってほしい——と。

謙虚に承諾するふりをしながら、すべてが目論見どおりに進んで、笑いを噛み殺すのが大変だった。不快極まる症状に耐え、体を張った甲斐があったというものだ。

厄介なのは、聖女はすべからく神殿に暮らし、奉仕に身を捧げよという大原則だが、これは国王権限での横紙破りが許された。わずか数年の「お務め」を終えれば還俗できるという特例で、正式な婚約が成立したのだ。

とうとう神殿入りをする段になって、カナリーは父親にだけ本当のことを打ち明けた。

患者を根本から癒せない自分は、治したふりをして病を転移させることしかできない。

転移先となる人々の爪や髪の毛を、外部から集める手はずを整えてほしい――と。

すべてを知った父は、不正を咎めるどころか、『よくやった！』と快哉《かいさい》を叫んだ。

『さすが儂《わし》の娘だ！　カナリー、儂はお前のことが誇らしくてたまらないぞ！』

喜ぶ父に抱きしめられたとき、カナリーは心の揺らぎに戸惑った。

やはり浅ましい男だと軽蔑する一方で、やっと自分を認めてもらえた――と泣きたいような衝動が生まれたことも事実だった。

気づけば、カナリーに期待をかけてくれるのは、もはや父しかいないのだった。

家を出た母親は再婚して新しい家庭を築いており、昔は可愛かった弟も、継母の影響でカナリーを馬鹿にする生意気な少年に変貌していた。

テオドールも、相変わらず自分のことなど見ていない。面会のたび、気の利いた話題のひとつも提供できないカナリーを、つまらない女だと思っていることは明白だった。

聖女として過ごす日々は退屈で、ひたすらに虚しかった。

拝金主義で権威に弱い神殿長は、立場のあるカナリーに忖度《そんたく》し、貴族相手の治療しか任せようとしなかった。

その患者とて、生死にかかわる重病人など滅多にいない。いずれ王太子妃となる聖女の治療を受けられる――自分にはそれだけの特権があるのだと、周囲にひけらかす材料に使われるだけだ。

特別扱いをされるカナリーは他の聖女たちから妬《ねた》まれ、心を開ける相手もいない。

馴れ合いたいわけではないが、ここまできても自分は孤独なのだと突きつけられることは耐え難かった。

そこに声をかけてきたのが、カナリーと似た生まれでありながら、本質はまったく異なる少女——ひとつ年下の、サリエ・ファルスだった。

◆　◆　◆

「貴族の娘で、癒しの力を持つ者同士、すぐに仲良くなれるって信じてた？　仲間外れにされてるみじめな子を助けてあげなくちゃって、いい子ぶるのは気分がよかった？　本当におめでたいわよね。誰からも可愛がられて、あんなに一途な恋人までいて……そのくせ、還俗まで待たせるのが可哀想だから別れたい？　ふざけないでよ。私だったら何があっても、自分を好きだって言ってくれる人を手離したりしない。どれだけ恵まれてるかにも気づかないで、こっちの劣等感を抉ってくるあんたが……私の悪意にも気づかないくらい、鈍感で傲慢なあんたのことが、本当に、誰よりも大っ嫌いだった……！」

唾を飛ばして喚くカナリーを、サリエは呆然と見つめていた。

癒しの能力が不完全なものだったことや、策を弄《ろう》してテオドールの婚約者となった過去にも驚いたが、面と向かって誰かから「嫌い」と罵られたことが初めてで、心が衝撃に麻痺していた。

けれど、どうしてだろう。

（カナリー……泣いてるの……？）

実際に涙を流してはいないのに、サリエの目にはそう見えた。

サリエを傷つけようとする言葉を吐けば吐くほど、カナリーのほうが取り返しのつかない傷を負って、血を流している気がした。

「何よ、その目は」

カナリーは顔を歪め、呻くように言った。

「ここまで言われて腹が立たないの？　さすが無邪気でお優しい聖女様よね。だけど、これを聞いても平然としてられる？　今のあんたが死にかけてるのは私のせいだって」

「っ……!?」

驚くサリエの反応に満足したのか、カナリーは嬉々《きき》として喋り続けた。

「あんたの髪を手に入れる機会なんて、いくらでもあったもの。私が回収した何種類ものの病気を、少しずつ転移させてやってたの。いろんな症状が重なって合併症を起こしてるから、病名がつかないのも治療法がわからないのも当然よね」

頭の後ろが、すうっと冷たくなっていく気がした。

カナリーの真の能力についての話を聞きながら、もしかして……と思ってはいた。

けれど、決定的なことを聞くまでは信じたくなかった。

一方的にとはいえ友情を感じていたカナリーを、最後まで信じていたかった。

「私のこと……そんなに……？」

「そうよ。憎いわ。死んでほしいくらい」

やっとのことで尋ねると、叩きつけるような声で遮られた。

「テオドール様にまで気に入られてるあんたが、目障りで仕方なかった。誘われたからって、面会の場にまでまぎれ込むなんてどれだけ図々しいの？　このままじゃ脅威になると思ったから、その前に手を下して何が悪いのよ？　案の定、リュークと駆け落ちしたふりをして、テオドール様のところに身を寄せてるんだから恐れ入るわ。実家との縁が薄い侯爵家の次男より、たとえ愛人扱いでも未来の国王に取り入ったほうが得だって判断したんでしょ？　あんたみたいに清純ぶってる女のほうが、内心は腹黒いのよね」

無邪気だと言ったり、腹黒いと言ったり、サリエに下す評価がころころと変わる。

おそらく、こちらを悪者にして貶《おとし》められればなんでもいいのだ。自分のしたことを正当化したくて、その場で思いついた言葉を口にしているに過ぎない。

「でもね。どうやらテオドール様は、こんな腹黒女のことがお好きみたいだから——私も見習って、あんたの真似をすることにしたの」

口元を吊り上げたカナリーが、サリエの額に置かれたタオルを手に取った。メイドが水に浸して絞り、少しでも熱を下げようと取り換えてくれていたものだ。

それをカナリーは、サイドテーブルに置かれた水盥《みずだらい》にびしゃりと漬けた。

「テオドール様の前でめそめそ泣いて、責任逃れしてみせるわ。『一生懸命やったけど病気が進行してて治せなかった』『私の力が足りなくてごめんなさい』って。昔、あんたもやったことでしょう？　母親を助けられずに死なせたくせに、それでリュークをたらし込めたんだから、ほんとに人生楽勝よね」

心の一番弱いところを、出し抜けに貫かれたかのようだった。

癒しの能力に目覚めたときの話は、カナリーにもしたことがある。

あの出来事は、サリエにとっていまだに癒えない傷だった。あそこでイリーナを救えていれば、リュークはオルスレイ家で虐待を受けることもなかった。

リューク自身は、あの家に引き取られたから騎士になる道が開けたと言うが、理不尽な暴力までが肯定されてはいけないのだ。

「ちょっといじめすぎちゃった？　お詫びに、苦しいのはもう終わりにしてあげる」

盥に浸したタオルを、カナリーはサリエの顔の上で広げた。反射的に閉じた瞼に、温くなった水の雫がぼたぼたと滴った。

「あんまり見苦しい顔で死ぬのはやめてよね。『急な発作を起こして、最期の苦しみを和らげるのが精一杯だった』って言うつもりなんだから、安らかに逝ったことにしてもらわないと。——じゃあね。さよなら、サリエ」

濡れたタオルが、鼻と口を隙間なく覆った。

たちまち空気が吸えなくなり、抵抗する力もないサリエは、ただ呻くことしかできない。

二度目の死がこんな形だったとは——と思ううちにも、意識がどんどん濁っていく。酸素を求める脳が膨張し、意思とは無関係に手足が痙攣した。

(でも……リュークの前で死ぬより、ずっとよかった……)

全身で体重をかけてくるカナリーへの恨みより、サリエの心を占めていたのは、やはりリュークのことだった。

(大好きよ……最後に傷つけてごめんね……)

自分から彼のもとを去ったくせに、もう一度会いたい恋しさで涙が溢れる。

部屋のドアが蹴破られる音が響いたのは、そのときだ。


「——無事ですか、サリエ!?」


切迫した声に意識が引き戻される。

まさかと思った瞬間、カナリーの悲鳴があがり、顔にかかる圧がなくなった。

視界を覆うタオルを剝がされ、サリエは幻を見た。

「サリエ！　よかった、間に合った……！」

泣き出しそうな顔で自分を掻き抱く、黒髪の青年。

あまりに都合よく現れるから幻に違いないと思ったのに、伝わる体温と鼓動に、もしかして本物なのかと当惑する。

「どうして……」

「話はあとです」

リュークは険しい顔になり、床に倒れたカナリーを見下ろした。

彼に突き飛ばされたらしい彼女は、「ひっ……！」と喉を鳴らした。

リュークが腰の剣を抜き、その切っ先を細い喉元に突きつけたから。

「わっ、私はテオドール様の婚約者よ!?　未来の王太子妃に傷を負わせたら、どうなると思って……！」

「残念ながらそんな未来はない。お前付きの神殿騎士が、何もかも白状した」

リュークは冷徹に言い捨てた。

「そもそもあの騎士は、お前の従兄《いとこ》にあたる男だったらしいな。彼曰く、『カナリーの癒しの力は偽物で、貴族連中から回収した病を王立病院の患者に転移させていた』『バーデン伯爵が病院長に賄賂を渡し、患者の髪を集めさせた。自分は伯爵に命じられ、カナリーに髪を届ける手伝いをさせられていた』――だそうだ。これらの罪が明るみになって、まだ王太子妃になれると思うか？」

その言葉を聞きながら、サリエは思い出していた。

以前、リュークが看護師から聞かされたという話を。


『ここ数年、あの病院では妙なことが起こるそうです。盲腸の患者が麻疹にかかるとか、骨折した患者が肺炎を発症するとか――回復期の患者に、ある日まったく違う症状が現れることが続くと。ひどい場合は、神殿に要請が行くより先に亡くなることもあるとか』


病院で人が死ぬのは珍しいことではない。

それを隠れ蓑《みの》に、実は大勢いたのだ。病を転移させられた第三者――カナリーの虚栄心のための犠牲者が。

「なんで!?　あいつは身内なのに、どうして私を裏切るの!?　お父様がたくさんお金を積んで口留めしておいたのに！」

カナリーは床を殴りつけ、自分の騎士を罵った。

癇癪《かんしゃく》を起こす彼女に、新たな声がかかった。

「今の話は本当なのか？」

開け放たれたままの扉から、テオドールが部屋に入ってくる。強張ったその表情を見る限り、一部始終を耳にしていたようだ。

彼の後ろから雪崩れ込んだ衛兵たちが、物々しい様子でカナリーを取り囲んだ。

そうなれば自分の出番ではないというように、リュークは剣を収めて引き下がった。

「君には本物の癒しの力なんてなかったのか？　もしかして、婚約のきっかけになったあの病気にかかったこと自体、君の差し金だったのか？」

「い……いいえ、違う……違います……」

「王族への偽証は、それだけでも大罪だよ」

テオドールの言葉に、カナリーの中で何かが決壊したようだった。

「だって、だって……他にどうすればよかったの!?」

カナリーは髪を掻き毟り、金切り声をあげた。

「頼れる家族も恋人も、本当に人を救える力も、私だけ何も持ってないんだから、少しくらいずるくなったっていいじゃない！　王太子妃になれない私じゃ価値がないって、お父様が言うから！　ブスだとか無能だとか、私を馬鹿にしてきた人たちを見返したいって思って何が悪いの!?」

「婚約者として、僕が君に不誠実だったことは謝る」

唐突に頭を下げられ、カナリーは気圧されたように黙った。

顔を上げたテオドールは、軽蔑と憐れみが綯い交ぜになった表情を浮かべていた。

「だけど、君も王太子妃になりたかっただけで、相手は僕じゃなくてもよかったんだろ？　僕も陰ではぼんくら王子って呼ばれてるから、馬鹿にされる悔しさもわからないじゃないけど……復讐《ふくしゅう》のために、無関係の他人を犠牲にしていいなんて理屈はない」

だから、とテオドールは続けた。

「まず、君はサリエを治して――すべての病気を今ここで回収するんだ。自分がしたことの責任はとるべきだ」

「嫌よ！　そんなことをしたら、私が……！」

「そう。君自身が死ぬかもしれない」

テオドールは淡々と言った。

「ただ君にはたくさんの余罪があるし、正式な裁きを受けるまでは生きていてほしいから。医者をつききりにさせて、適切な治療を受けさせる。運がよければ生き延びられるんじゃないかな。――暴れないように彼女を拘束して」

「やっ……嫌……放して……いやぁああ……――！」

かつての婚約者に断罪され、衛兵たちに腕を取られたカナリーは、もはやこれまでと悟ったのか、子供のような大声で泣きじゃくった。

8　薔薇園での秘めごと

風が吹いて、秋薔薇の茂みがさざめく。

甘い香りの漂ってくる方角へと、サリエは誘われるように足を向けた。数年ぶりに袖を通した令嬢らしいドレスの裾が、軽やかな歩みとともに揺れた。

（懐かしい……いつも薔薇の季節になると、こうやってよく散歩をしたわ）

ここはファルス伯爵邸に設《しつら》えられた、母ご自慢のローズガーデンだ。春と秋、それぞれの季節に盛りを迎える薔薇たちが、迷路のような生垣に仕立てられている。

サリエが特に好きなミルクティー色の薔薇も、八重咲の花弁を見事に開花させていた。

花に気を取られていたサリエは、足元の小石に気づかず、ふいに蹴躓《けつまず》いた。

「きゃっ……！」

「大丈夫ですか」

すかさず横から腕が伸ばされ、転びかけた体を抱き留められる。

緊迫したリュークの表情に、サリエは苦笑した。

「ありがとう。でも、ちょっと転びかけたくらいで大げさよ」

「大げさではありません。ついこの間まで、あなたは死にかけていたんですよ」

リュークの主張どおり、ほんの数日前まで、サリエは今にも天に召されるかというほど衰弱していた。

サリエを死に追いやろうとした犯人は、友人だと信じていたカナリーだった。彼女の手でとどめを刺されようとしていたサリエを、リュークはすんでのところで助けてくれた。

悪事を詳《つまび》らかにされたカナリーは、サリエに転移させた病を再び我が身に引き受け、独房に収監されることとなった。

彼女の父や従兄の騎士も、カナリーへの共謀罪で取り調べを受けている。

事件の混乱は、神殿の内外にも及んだ。

神殿長は、カナリーの能力については何も知らなかったと主張したが、貴族からの寄進をひそかに横領していた。捜査官の立ち入り調査で、帳簿の改竄《かいざん》が発覚したのだ。

神殿長の罷免《ひめん》に聖女たちの心は乱れ、奉仕活動も滞りがちになっているらしい。

サリエ自身は、許されるなら一刻も早く、病気の人々を癒す日々に戻りたかった。

しかし、まずは心身を休めるべきだとテオドールに説得されて、リュークとともに実家に身を寄せ、再会が叶った両親と水入らずの時間を過ごしているところだった。

「風が出てきましたね。そろそろ屋敷に戻りましょう」

リュークの過保護ぶりに、サリエは肩をすくめた。

「薔薇の盛りは短いのよ。もう少しくらい見ていたいわ」

「でしたら、せめてあちらに」

リュークが誘《いざな》う方角には、青い丸屋根と白い円柱に囲まれた東屋《ガゼボ》があった。

ベンチに腰掛けると、隣に座ったリュークが上着を脱いでサリエの肩に羽織らせた。

「あまり長く歩かないほうがいいです。昨日もあんな無茶をしたばかりなのですから」

「別に無茶っていうほどじゃ……」

「必要か不要かといえば、不要な行為だったと俺は思いますが」

「そんなふうに簡単に割りきれないわ」

サリエは昨日、リュークを伴い、カナリーが収容された独房に向かった。

医者による治療が行われているとはいえ、やはりカナリーは重篤で、このままでは裁判を待たずに絶命するかもしれないとのことだった。

それを知ったサリエはテオドールに訴えた。どうか自分の力でカナリーを治させてほしい――と。

お人好《よ》しが過ぎると、テオドールにもリュークにも呆れられた。

【一周目】の顛末を思い出せば、カナリーにされた仕打ちをひどいと思うが、どういうわけか、サリエには【二周目】の人生があった。

自分にはやり直す機会が与えられたのだから、彼女にも――というのは建前で、同じ苦しみを経験した以上、カナリーが死に瀕していると思えば平静でいられなかっただけだ。

カナリーの独房には、リュークが先に入った。サリエに二度と妙な真似をしないよう、釘を刺すためだと言って。

しばらくして呼ばれたサリエが中に入ると、寝台に横たわったカナリーは、言葉もなくサリエを見上げた。

その顔は窶《やつ》れ、黒い靄となって目に映る病素が彼女の全身を取り巻いていた。

なんと声をかけてよいかわからず、サリエはただ、カナリーの手を握って快癒を祈った。

すべての病素を祓えないにしても、少しでも症状が和らいでほしい――と。

ラージュリナへの祈りが届いたのか、黒い靄がいっせいに消失する。

予想よりも呆気なくて拍子抜けしたが、カナリーの頬に血色が戻ると、サリエは心から安堵した。

カナリーが目を伏せ、口元を小さく動かした。

『何も知らないで……本当にあんたは恵まれてるわ……』

独り言のような呟きに耳を澄ませば、彼女はそう言っていた。

『あんたのことが嫌いだって……羨ましかったって……最初から素直に伝えられてたら、何か違ったのかしらね……』

カナリーは寝返りを打ち、サリエに背を向けた。

謝罪の言葉は聞けなかったが、それでもいいとサリエは思った。

このままカナリーに死なれたら、自分の寝覚めが悪かった。

救える手段があるのに見捨てるのは、こちらの気がすまなかった。

カナリーの逆恨みは身勝手だが、サリエがしたことも我儘だ。彼女の育った環境を知り、同情の余地があると思ってしまったことすら、カナリーにとっては忌々しいのだろう。

『――カナリー。今度会えたら、ちゃんと喧嘩しよう？』

精一杯の思いでサリエは言った。

『カナリーにも言いたいことがあるだろうけど、私もある。ひっぱたき合って、取っ組み合ってもいいから、カナリーと普通に喧嘩したい。いつか、ここから出られたら――私、ずっと待ってるから』

カナリーの背中が小刻みに震え、嗚咽が洩れた。

リュークに促され、サリエはその場をあとにした。自分のしたことが正しいとも間違っているとも、最後まで判断はつかなかった。

「……結局、カナリーの力ってなんだったのかしらね」

サリエはそう独りごちた。

「他人の病気を身代わりに引き受け続けられたら、それは本物の聖人よ。だけど、普通はそんなことできない。ラージュリナ様は、何を考えてカナリーにあんな力を……」

「女神の意志など誰にもわかりませんよ」

リュークは淡々と言った。

「そもそも、魔力を持った女性を聖女と呼ぶのも、後付けに過ぎないのでしょう。魔力を宿す女性の中には、他人を害する能力を持つ者もいて、それを隠しているだけかもしれません。存在が公になれば、聖女ではなく魔女と呼ばれて迫害されてしまうから。病を人から人へ移す力を持つカナリーも、本来はそちら側の人間だったのではないでしょうか」

「そんなふうに考えたことはなかったわ……」

サリエは呆然と呟いた。

だが言われてみれば、その可能性も充分にありえる気がしてくる。

「俺自身は、ラージュリナという女神が本当にいたのかさえ怪しいと思っています」

仮にも神殿騎士であるというのに、リュークは不敬極まることを口にした。

「たとえ存在したとして、聖典に記されているような、慈悲深いばかりの神ではないかもしれない。優しさも残酷さも兼ね備えた気まぐれな女神で――だからこそ、俺は賭けてみようと思ったんです。俺に二度目の人生を与えてくれたのがラージュリナなら、今度こそサリエを死なせない道を選んでみせる。女神の戯れを利用するだけしてやろうと」

「っ……ちょっと待って、今なんて!?」

サリエは焦って口を挟んだ。

自分の耳に間違いがないなら、聞き流せないことをリュークは言った。

「二度目の人生って……もしかして、リュークにも【一周目】の記憶があるの!?」

「やはりサリエも気づいていましたか」

リュークは平然と言ってのけた。

「薄々そうじゃないかと思っていました。死に戻ってからというもの、妙な行動をするようになった理由は俺と同じだったんですね。あなたが死んで俺が後を追うという、以前と同じ運命を回避するために」

「わかってたの……？」

全身から一気に力が抜けた。

大食いに挑んでみたり、いかがわしい知識を詰め込んだり、リュークに嫌われようと自分なりに一生懸命だったのに、彼にはすべてお見通しだったのだ。

「全部空回りだったのね……馬鹿みたい」

熱くなる頬を押さえて呟くと、

「俺も似たようなものです」

とリュークは言った。

「俺も俺で、未来を変えるために必死でした。医療の力が及ばない以上、サリエの病気は普通のものではない可能性が高い。思いついたのは、神殿内にサリエを恨む誰かがいて毒を盛っているか、未知の力で呪いをかけているのではないかということでした」

「そんなこと、いつから考えてたの？」

「サリエの言うところの【一周目】からです」

リュークは呟き、風に葉を揺らす薔薇に視線を向けた。

「疑ってはいましたが、犯人を突き止めるより先にあなたが逝ってしまったので、ともに死ぬことしか選べなかった。必ず守ると誓ったのに嘘になったことが悔しくて、自分を許せませんでした」

その不甲斐なさを糧に、リュークは誓った。

サリエの病が人為的なものならば、今度こそ死に至る前に必ず止めてみせると。

「ひょっとして、食事のたびに私のそばに座ってたのも？」

「はい。誰かが毒を盛ろうとするなら、その隙を作れないよう目を光らせていました」

食堂では、それぞれの席が決まっているわけではないから、特定の皿に毒を仕込もうとしても事前の工作は難しい。

その点でも、常にサリエのそばにいるカナリーが有力な容疑者だった。

「しばらく様子を窺いましたが、毒を盛っている形跡はないようでした。次に可能性があるのは魔力を使った呪いですが、術者の特定には時間がかかる。そこで一か八か、スラムに家を借りたんです。術者が神殿内にいるとして、犯人とサリエを物理的に引き離せば、呪いの影響も弱まるのではないかと考えて」

「私を神殿から攫うのは、成り行きじゃなくて計画的だったってこと？」

「そうです。理由を説明できればよかったのですが、死に戻りのことを知らないのなら、俺の正気を疑われるかもしれないと思って。どこかのタイミングで連れ出そうと考えていたところ、殿下に迫られるあなたを見かけて。俺はサリエを助けたくて必死なのに、どうしてあんな男に隙を見せているのかと——つい、かっとなって」

あの小屋でされた行為を思い出し、サリエは表情を曇らせた。

初めてをあんな形で奪われたことは、確かに怖かったし傷ついたのだ。

「本当にすみませんでした」

ばつが悪そうにリュークは言った。

「サリエの意志を無視して、病人にあんな——一度ならず、神殿を出てからも俺は同じ過ちを繰り返しました。いけないと自覚しながらも止まらなかった。【一周目】では指一本触れられなかったことを思えば、今度こそサリエのすべてを知りたかった。どれだけあなたを求めているかをわかってほしくて、抱き尽くさずにはいられなかったんです」

うなだれるリュークに、サリエは溜息をついた。

「うん、それは……もういいわ」

「――許してくださるんですか？」

ぱっと顔を上げたリュークが、主人の一挙手一投足に反応する忠犬のようで、サリエは苦笑した。

「怖かったけど、リュークが私をすごく好きで、失いたくないんだってことはわかった。それに、私もあの家から逃げるためにリュークを騙して傷つけたから……」

「サリエのほうから俺を襲ってくれたときのことですね」

「お……襲うとか言わないで」

「いえ、あれは男の夢でした」

リュークは陶然と呟いた。

「俺を愛していると言って、あんなに大胆なことをしてくれて……罠に嵌められたと知っても恨めませんでした。もちろんあのときは慌てましたし、鎖を引きちぎって飛び出したあとは、サリエの行方を追って半狂乱でしたが」

「え、あれを引きちぎったの？」

頬を引き攣らせるサリエに、リュークは頷いた。

寝台の脚を壊すどころではなかった。サリエの騎士は思った以上に屈強な破壊神だった。

「どれだけ捜しても見つからず焦りましたが、【一周目】と同じ経過を辿るなら、あれから病が悪化していくことはわかっていました。だったらサリエを見つけるより、犯人を捕らえて呪いを解かせるほうが先だと判断したんです」

「そういえば不思議だったのよ。どうしてカナリーが犯人だってわかったの？」

彼女を疑っていたにしろ、証拠を揃えて太子宮に乗り込んできた経緯については、まだ聞いていなかった。

「思い出したんです。【一周目】で王立病院の看護師から聞いた話を。患者が急に別の病を発症して、死に至る場合もあるという——サリエの身に起きていることと、その話がどこか似ているように感じて」

関係者に詳しい事情を聞けないかと、リュークは何度も病院に足を運んだ。その調査自体は、サリエに逃げられる前から始めていたという。

神殿を脱走した身なので大っぴらには出歩けず、動けるのは主に夜間だった。ときどき彼が帰ってこない日があったのは、そういう事情だったのだ。

ひそかに聞き込みや張り込みを続けたリュークは、ある晩、カナリーの騎士が病院長と接触している現場を押さえた。

院長が手渡していたのは、入院患者の髪の毛だった。院長を買収したバーデン伯爵が、神殿にいる娘に患者の髪が渡るよう取り計らっていたというわけだ。

リュークはカナリーの騎士のあとをつけ、人気《ひとけ》のない場所で背後から首を絞めて気絶させた。例の借家に連れ込み、あの手この手で脅しつけたところ、カナリーの能力の詳細と、世間を欺くために多くの患者を犠牲にしてきたことを白状したのだ。

急いでカナリーのもとに向かおうとしたところ、道端で行き会ったのは仕事帰りのミレイアだった。

『リュークったら、こんなところで何してるの？』

かつての幼馴染みは、何故か責めるように口にした。

『騎士の仕事はどうしたのよ。あなたの大事な聖女様が今どこにいるか知ってるの？』

『サリエと会ったのか!?』

とっさに肩を摑んで問いつめると、ミレイアは顔をしかめた。

『十日くらい前に、このあたりで血を吐いて倒れてたのよ。あたしの客と知り合いだったみたいで、その人がほっとけないからって連れていったわ』

『誰だ、そいつは。客というからには男だよな？』

『お忍びで来てる人だから、本当は喋っちゃいけないんだけど――ここで黙ってたら、一生リュークに恨まれそうね』

そう言って、ミレイアは何かを諦めたような溜息をついた。

『リュークとはせめて友達でいたいから、教えてあげる。もし聖女様に振られたら、一度くらいは店に来てよ。商売抜きで相手してあげるから』

冗談まじりに笑ったミレイアは、サリエを保護した人物の名を口にした。

それを聞いたリュークは矢も楯もたまらず、サリエのいる王宮に向かったのだ。

テオドールに面会を申し込んでも簡単には取り次いでもらえず、気の急《せ》いたリュークは衛兵たちを力ずくで振りきった。

兵に追われながら太子宮の敷地に駆け込んだところ、バルコニーで一服していたテオドールのほうから、

『あれ、リューク？　なんだか物々しいけど、もしかしてサリエを迎えにきたの？』

と声をかけられ、事なきを得た。

サリエへの狼藉について、テオドールは改めて侘びてくれた。

中に招き入れられ、安堵したのも束の間、

『ちょうどさっき、サリエの病気を治すためにカナリーを呼んだところなんだ。集中する必要があるからって、部屋を追い出されちゃったんだけど』

と聞いて血の気が引いた。

問題の部屋に飛び込めば、カナリーがサリエの顔に濡れタオルを押し当て、窒息死させようとしているところだった。

相手が女性であることも忘れ、リュークは渾身《こんしん》の力でカナリーを突き飛ばした。

そのあとのことは、サリエも知るとおりだ。

「本当にぎりぎりのところでした。あと少し遅れていたら、どうなっていたか――」

思い出すと具合が悪くなるのか、リュークの顔色は紙のように白かった。

彼を安心させたくて、サリエはその頬にそっと手を添えた。

「ありがとう。……それに、ごめんなさい。私はリュークに『大嫌い』なんて言ったのに、見捨てずに助けにきてくれたのね」

「あの言葉は嘘だと信じていましたから」

ベンチの上で、リュークはサリエに体ごと向き直った。

「いや……信じていたというよりは、信じたかったというほうが正しいです。さんざん無体なことをした以上、嫌われても仕方がないとは思っていました。けれど、もしサリエに【一周目】の記憶があるのなら。俺の幸せを願って、身を引こうとしているんじゃないかと思って——これは、とんでもない自惚れですか？」

「……自惚れじゃないわ」

かすれる声でサリエは言った。

せっかく死に戻りという奇跡を体験しても、何かひとつ間違っていれば、自分たちはまた似たような結末を迎えるところだった。

下手な考えをあれこれ巡らせ、空回りもした。互いの手のうちを隠して奔走したのは、愛する相手に生き延びてほしいという、純粋な想いゆえだった。

その結果、自分は不治の病から解放され、リュークは今も生きている。

次に死の闇に囚われるときは、ずっと先であってほしいし、先に逝く片方をどちらかがちゃんと看取りたい。

わざわざ後を追わずとも、遠からず同じ場所に行くからと思える年齢で。

「ねぇ、リューク。前に言ってくれた言葉はまだ有効？　ほら、『いつかあなたの』――」

「待ってください」

言いかけた言葉を、リュークは途中で遮った。

「先回りは困ります。俺のほうからもう一度言わせてほしいと思っているのに」

「……それって」

息を呑むサリエに、リュークは改まって告げた。

「あなたのことを誰よりも愛しています。そして、人生は何が起こるかわかりません。『いつか』と言わず、俺は今すぐにでもサリエの夫になりたい。――どうか、俺と結婚してください」

「うん……うん！　私もそれが言いたかったの……！」

勢い余って抱きつくサリエを、リュークはしっかりと受け止めた。

そのまま互いに見つめ合い、唇を重ねる。久しぶりのリュークとのキスは、妙にくすぐったくて恥ずかしい。

深い口づけに変わる前に身を引いて、サリエは照れ隠しのように苦笑した。

「結婚なんてしちゃったら、さすがに聖女はクビになるわよね」

「サリエ。言いにくいのですが、その場合は俺も無職です」

真顔で言われ、サリエは「あ」と声をあげた。

「そっか、そうよね、どうしよう……！」

「大丈夫です。あなたには決して苦労させません。一応、この先の収入の当てもあります し」

「当て？」

「あなたが心配する必要のないことです」

よくわからないが、リュークがそう言うのなら安心していい気がした。彼の腕っぷしからして傭兵《ようへい》になるなり、剣術を教える仕事につくなり、どうにか生計は立つのだろう。

(それでもお金に困るなら、私も働けばいいんだし。焼きたてのパンの匂いってすごく幸せな気持ちになるから、パン屋さんで雇ってもらえたりしないかしら？)

パン屋もいいし、ケーキ屋も魅力的だし、例の女言葉の店主が営む服屋で働かせてもらうのも楽しそうだ。

(楽しそうだけど……私がやりたいのは、やっぱり――)

「サリエ」

呼ばれて顔を上げれば、リュークと改めて目が合った。

その瞳に、さっきまでとは違った何かしらの情感が滲んでいる。

「この東屋《ガゼボ》はとてもいい立地にありますね」

唐突な話題に面食らいつつ、サリエは相槌《あいづち》を打った。

「そうね。薔薇の生垣に囲まれてるから、どの方向を見ても綺麗だし」

「おっしゃるとおり、薔薇が全方位から視界を遮ってくれます。――なので、こういうことをしても許されますか？」

「……ひゃっ!?」

首筋に唇を落とされ、サリエは身をすくめた。

薄く透ける静脈をなぞるように、リュークの舌が皮膚を辿っていく。

それだけでもぞくぞくするのに、彼の手はサリエの胸に自然と添わされ、膨らみを揉みしだき始めていた。

「ぁんぅっ……！」

かりっと項を引っ掻かれて、思わず声が洩れる。

ただの悪戯ではすまなくなりそうな予感に、サリエは焦って身を引いた。

「な……何してるの、こんな場所で……うちの家族や使用人に見られたらどうするの!?」

見える範囲には誰もいないが、実家の敷地内だ。気が気でないサリエに、リュークは飄々と答えた。

「責任を取るので結婚させてくださいと、ファルス伯爵に切り出しやすくなりますね」

「お父様が許さなかったら？」

「そのときはもう一度あなたを攫います。駆け落ちしましょう。地の果てまでも」

「そんな簡単に……あっ、だめ……！」

今日に限って、胸元が開いたドレスを着ていたのが災いした。

リュークの手が襟ぐりから忍び込み、乳房の中心を捉えた。きゅっと摘まれ、転がされるそこは、むくむくと硬く凝っていく。

「や……んんっ、あぁ……」

ベンチの端まで後退っても、腰が手すりにぶつかってそれ以上は逃げられない。

執拗にあやされた乳首は丸みを帯びてぷくんと実り、さらなる刺激を求めてじんじんと疼き始めていた。

サリエが弱腰なのをいいことに、乳房がすくい出される。ドレスの縁《ふち》にひっかかり、半端にひしゃげた胸の膨らみは、いつも以上に卑猥に見えた。

弾力に満ちたそこを捏ねながら、リュークが芽吹いた乳首に吸いついてくる。

「……あぅんんっ……！」

「サリエのここは、本当に可愛らしいですね……俺の唾液に濡れて、光って……舌で薙ぎ払っても、何度でも勃ち上がってくるのが、たまらなく健気《けなげ》で」

「んっ、ん……あ！　やぁぁぁあっ！」

じゅうっと強く吸引され、臍の下で熱が渦巻く。撓《たわ》む胸の先を温かい舌に蹂躙《じゅうりん》されて、ぞわぞわした感覚が神経の末端にまで広がった。

「お願い、本当にやめて……外でなんて……」

「やめてあげますよ。こっちを触られても同じことを言えたなら」

いつの間にか、リュークの片手はスカートの下にくぐり入っていた。

内腿を遡る指の動きは、官能を司《つかさど》る蛇のよう。下着の上から秘玉を撫でられれば、逃げるにはもう遅すぎた。

「っ、はぁっ……ふぁあっ……！」

繊細な壊れ物を扱うように、軽いタッチでさわさわとなぞられる。

大した刺激ではないからと、安心するどころではなかった。焦らされるつらさをすでに知っているそこは、より強い刺激を求めてひくひくと悶え始めてしまう。

「いや……やだぁ……」

サリエがむずかると、リュークは得たりとばかりに微笑んだ。

これ以上触れてほしくない「嫌」なのか、もどかしい触り方が「嫌」なのか、とろんとした瞳を見れば、彼には一目瞭然なのだ。

泣き出す寸前まで焦らされ、溢れる蜜が下着をじゅくじゅくと湿らせたところで、リュークは陰核の根本を出し抜けに押し潰した。

「ぁああっ、それ……っ――！」

待ちわびた快感に腰が浮き、甘ったるい声が尾を引いた。

布地を押し上げる肉粒をリュークはこりこりと弄り、かと思えばふいに指を止めてしまう。サリエが辛抱たまらず腰を揺らすと、応えるようにまた愛撫した。

「や、あっ……あんっ、だめ……！」

とうとう下着の横から不埒な指に侵入された。

音を立てて蜜口に沈んだ中指が、内部をぐちぐちと擦り回す。

しばらく好き勝手に遊んだ挙句、リュークはおもむろに手を引いた。顔の横で見せつけるようにひらめかせた指は、サリエの愛液でてかてかと濡れ光っている。

（ああ、もう……なんでこんなに……）

「どうしてこんなに感じやすいんでしょうね？」

自分でも思っていたことを口にされ、頬がかぁっと熱くなる。

「濡れすぎて気持ちが悪いでしょう？　下着を脱がしますから、腰を浮かせて――そう――そんなに恥ずかしがらないで。感じやすいのも濡れやすいのも、何ひとつ悪いことじゃありません」

羞恥に苛まれるサリエを、リュークは優しく慰めた。

「俺は嬉しいんです。清純だったサリエにも、性欲があるんだとわかって。女神そのものだと思っていたあなたも人間だった。ようやく手の届くところに下りてきてくれたと、俺の前で乱れる姿を見て、初めて実感できたんです」

「……そんな言い方しないで」

サリエは小声で反論した。

「好きな人に抱かれて気持ちよくなるのは、仕方ないでしょ？　相手がリュークじゃなかったら、私だってこんなになったりしないわ。こんな……誰に見られるかわからない場所で、早く続きをしてほしい……なんて」

一瞬の沈黙が落ちたあと、リュークは天を仰いで笑い出した。

「ははは っ……まったくあなたは……！」

「な……何よ？　なんで笑うの？」

「いや、本当にサリエは俺を煽る天才だなと。ちょっとした悪戯で、最後まではしないつもりだったんですが、今の台詞であとには引けなくなりました」

「えぇぇっ!?」

サリエは先走った自分を呪いたくなった。

「それで下着まで脱がすのやりすぎじゃない!?　もうっ、放して！　下半身がすぅすぅして風邪ひいちゃう！」

「逃がせませんね。サリエのおねだりが可愛らしすぎて、俺のほうもこんなになってしまいましたから」

「なっ……!?」

リュークがおもむろにズボンをくつろげ、昂《たかぶ》ったものを引きずり出した。

繰り返すがここは屋外だ。

急所とも呼ばれる部位を、そんなふうにぼろんと出すなんて無防備すぎる。薔薇の匂いに誘われた蜂でも飛んできて、ぶすりと刺されたらどうするのだ。

「風邪をひきそうなのであれば、温かくなることをしましょうか」

両脇を抱えられたサリエは、リュークと向き合う姿勢で彼の膝に座らされた。先走りを浮かせた亀頭が臍のあたりをつついて、ドレスに滲みを作っている。

「俺の上に跨って、こいつを迎えてくれますか？　この間と同じように、サリエのほうから」

「無理よ！　あれはリュークが目隠ししてたから、どうにか……」

「見たくて見たくておかしくなりそうだったんですよ。報われたいな。あのときおあずけを食らった分だけ」

甘さを増した声に、心臓がとくんと震える。

体勢のせいでサリエの目線のほうがわずかに高く、リュークが上目遣いになっているのも致命的だった。

「ず……ずるいわ！　馬鹿！　顔がいい！」

八つ当たりでぽかぽかと胸を叩かれ、リュークは不思議そうに首を傾げた。

「顔がいい……とは？　自分ではこれという特徴もない顔だと思っているのですが」

「バランスがよすぎて特徴を捉えにくいのが、本当に整った美形ってことなの！　まさか自覚してなかったの？」

「サリエにとっては好みの顔なのですか？」

「好きよ。大好きだから、その顔で迫られると断れな――……あ」

「いいことを聞きました」

リュークはサリエの瞳を覗き込み、ことさらに切なそうな表情を浮かべた。

「サリエの温かくて潤んだそこに入りたいんです。お願いします」

「っ……そんな言い方……」

「早くしないと、本当に誰か来るかもしれませんよ？　久しぶりなので、俺も長くはもちませんん。すぐに終わらせますから、少しだけ」

確かにこんな体勢のままぐずぐずしているよりは、早くすませたほうが見つかる危険性は低いかもしれない。

「ほんとにすぐね？　絶対よ？」

「その気になってくれましたか？」

リュークが嬉しそうにスカートをめくり、鳩尾《みぞおち》のあたりまで押し上げた。下半身が丸見えになってしまい、サリエはあたふたする。

「やだ、これじゃ……——」

「全部見ていたいですから。サリエのあそこが俺のものを一生懸命に咥えてくれる様子も、そのときのあなたの表情も」

これ以上押し問答していても、辱《はずかし》められる時間が長引くだけだ。

覚悟を決めたサリエは、ベンチの上で膝立ちになった。

欲望に太ったリュークの性器を、手探りで入り口にあてがう。くちゅっ……と粘膜の触れ合う音に、喉がごくりと上下した。

「んー、っ……」

思いきって腰を落とすが、途中でつかえてなかなか奥まで届かない。生殺しにされるのが不満なのか、リュークが眉を寄せた。

「ここまできて焦らさないでください」

「焦らしてない……リュークのが大きいから、入らないの……！」

「体の力を抜くといいと教えたでしょう。この間、俺がしたやり方を覚えていますか？」

そう言われてサリエはどきりとした。

リュークのものを呑み込みきれず、四苦八苦していたサリエの秘玉を、彼は巧みに刺激してきたのだ。

おかげで緊張が緩み、蜜洞も綻んで挿入に至りはしたけれど。

「俺の手はスカートを押さえていますから、今日は手伝えませんよ」

「まさか……私が、自分で？　――って、そんなのリュークが見たいだけでしょ⁉」

「はい。瞬きも惜しいほどに見たいです」

堂々と認められてしまえば、それ以上詰《なじ》ることもできなくなる。

早くすませなければという焦燥が羞恥心を上回り、サリエの指は花芽に伸びた。

息を詰めて触れると、さきほどの刺激ですでに尖り勃っていたそこは、刺すような快感に痺れた。

「んぁぁ……っ！」

リュークが見ている――言葉どおり、瞬きひとつせず見られている。

野太い怒張を頬張りつつある蜜口も、その上で丸々と膨らんだ柘榴《ざくろ》色の女芯も。

戸外で自慰行為に耽るなど正気の沙汰ではないはずなのに、背徳感に裏打ちされた喜悦で、サリエの指は止まらなかった。

強張っていた蜜洞の奥から、新たな蜜がとろりと零れてくる。

「あっ、あ、あんっ……やぁあっ……」

「気持ちがいいんですね。中がぬるぬる潤って……ほら、もう、一気に呑み込まれてしまいそうです」

「……あ、リュークの……来る……奥まで、くるぅ……！」

溢れる蜜で抵抗が弱まり、肉の楔がじりじりとサリエの内部を穿っていった。

決して性急ではないからこそ、リュークの形に押し広げられる感覚が鮮明になる。

とうとう子宮の入り口に、亀頭がこつんと届いて止まった。

密着して抱き合いながら、リュークが心地よさげな息をついた。

「すごいな……とんでもなく熱いし、いつも以上に纏わりついてくる……」

「い……いちいち言わないで……」

「きつくて苦しくはないですか？　――いや、サリエはきついのが気持ちいいんでしたね。ぱんぱんに腫らした俺のこれを、お腹いっぱいに咥え込まされるのが、サリエは最初から大好きでしたよね」

剝き出しのお尻を撫でながら囁かれ、背筋がぞくぞくした。

サリエが言葉責めに弱いことを知っているリュークは、穏やかな声でいっそう卑猥なことを吹き込んでくる。

「じっとしているとつらいでしょう？　動いてもいいですよ。なんならオナニーも続けていいです。クリトリスを自分でこりこりするサリエのオナニー、とても上手でしたから」

どうしてそんなことばかり……と泣きそうになる一方で、サリエは被虐的な悦びも覚えていた。

どれだけ自分が淫らになっても、リュークはきっと受け止めてくれる。その信頼感があるからこそ、欲望に身を委《ゆだ》ねられる。

「さぁ」

お尻を軽く叩かれたのを合図に、サリエの腰が揺らめいた。

前回は騎乗位で今回は対面座位という違いはあるが、蜜襞を雄芯にぐちゃぐちゃと絡めて擦りつける動きは一緒だ。

リュークから許しを得たのをいいことに、陰核を忙しなく擦り立てる指も止まらない。

「あぅ、あ……はぁ、っ……んあぁ……っ！」

本能のままに動くにつれて、腰から背中、背中から脳天へと、甘い痺れが駆け抜ける。

ぷちゅぷちゅと水っぽい音が興奮を煽り、なけなしの理性も溶かしていった。

「ああ、サリエ……そんなに夢中に腰を振って、可愛いですね……可愛い……」

リュークは眦《まなじり》を下げ、うわごとのように繰り返した。

「本当はサリエも、俺とこうしたかったんでしょう？　違いますか？」

「……したかった……リュークと、たくさん気持ちいいことしたかったの……お願いだから、リュークも動いて……私の奥、もっとぐちゃぐちゃにしてぇ……っ！」

「おねだり上手なんですから……仕方がないな」

笑って聞き入れたリュークが、サリエの腰を摑んで上下にゆさゆさと弾ませた。

力強く持ち上げられ、前触れもなく手を離されると、自重で肉杭がずんと食い込む。そこをすかさず小刻みに突かれて、息をつく暇《いとま》もない。

「ひ、ぁあっ！　ふぁ、あぁん……！」

どんどん速くなるピストンに翻弄され、サリエはリュークにしがみついた。

ひっきりなしに喘ぐサリエを満足そうに見上げながら、主導権を握り返したリュークがさらに遠慮なく腰を遣う。

「や……ぁあ、気持ちい……あぁあっ……も、だめ……っ」

「気を遣《や》ってもいいですよ。サリエの好きな場所をずっと突いていてあげますから」

「あっ、そこばっかり……だめ、だめ！　ん……っ、やぁぁあ――……っ！」

粘性の強い汗が、毛穴の奥からぶわりと湧き出す。

反らした喉をひくつかせ、サリエは呆気なく絶頂に至った。

口元からだらしなく涎を垂らし、はぁはぁと息をつくサリエを、リュークが力を込めて抱きしめた。

「――もう二度と、生きているあなたを抱けないかもしれないと思いました」

「……え……？」

「サリエが俺のもとから逃げ出したときです。次に会ったときは、冷たくて物を言わない体になっているかもしれないと、怖くて――……怖くて」

そんなにつらい思いをさせたのかと、いまさらながら申し訳なくなる。

ごめんなさいと告げる代わりに抱き返すと、リュークはぽつりと言った。

「本当に恐ろしかったんです。息絶えたあなたを目にしたら、俺は今度こそおかしくなって、後を追う前にサリエを凌辱していたかもしれないと」

「――はい!?」

冗談だと言ってほしいところだが、リュークならばやりかねない。

死姦《しかん》される自分の姿を想像するとぞっとしたが、彼の愛情は狂気と紙一重なのだと思えば、単純に怒ることもできなかった。

「絶対に俺を置いていかないでください」

リュークは切実な声で訴えた。

サリエが二度と離れないことを確かめるように、口づけしながら問いかけを繰り返す。

「あなたの夫になる男は誰ですか？」

「……リュークよ」

「この体を存分に愛していいのは？」

「リューク、だけ……」

「サリエのほうからもキスしてください」

「わかった――……っ、ん」

言葉だけでは満足しない彼を宥《なだ》めるべく、サリエは唇を重ねた。

差し入れた舌は、すぐにリュークのそれにからめとられる。

くちゅくちゅと音の立つ接吻を繰り返すうちに、呼吸が途切れて頭がぼうっとしてきた。

その間にも、まだ埒《らち》を明けていないリュークの性器はサリエの中で存在を主張している。

「ん……っ……は、ぁん……」

いつしかリュークの腰が再び揺らぎ、達したばかりの体に快感が呼び戻されてしまう。

露出した乳房がリュークの胸に押し潰されて、擦れる乳首がじんじんと疼いた。

「あっ……やぁん……また……また、気持ちいいの……」

「よくなってください。サリエが気持ちよくなれることを、一緒にたくさん探していきましょう。――たとえば、こういうのは？」

「ん、っっ!?」

唐突に視界が高くなり、サリエは目を瞠った。

こちらの腰をしっかりと抱えたリュークが、ベンチから立ち上がったのだ。もちろん、サリエの局部を硬いもので貫いたまま。

「やだっ、怖い……！」

宙に浮いた脚が、ぶらぶらと頼りなく揺れる。不安定な姿勢に、サリエは慌ててリュークの首に腕を回した。

「大丈夫。絶対に落としません」

安心させるように言って、リュークは笑った。

「サリエのあそこも、俺にぎゅうぎゅうしがみついて離してくれませんし……緊張がいい具合に働くのかな」

「やっ……！」

のけぞるサリエを支えたまま、リュークが大きく腰を弾ませた。

たくましい逸物《いちもつ》に膣内をごりごりと摩擦され、内臓まで串刺しにされそうな恐れと快楽に支配される。

「あっ、あ――いやぁ、だめ……！」

ずんずんと奥を突かれると、サリエはそれだけでまた達した。

身を震わせて果てる最中《さなか》にも、リュークは容赦なく律動を続けるものだから、絶頂の快感が止まらない。サリエの目尻から、生理的な涙がぼろぼろと溢れた。

「も、やめて……私、いってる……さっきから、いっぱいいってるからぁ……！」

「知っていますよ。俺が気づかないとでも？」

とっておきの秘密を告げるように、リュークは言った。

「達するたびに子宮が下りてきていますから。サリエが俺の子を孕みたがってくれてる証拠です」

「リュークの、こども……？」

「産んでくれると言ったでしょう？　俺はあなたと本当の家族になりたい。俺と、サリエと、二人の間に生まれた子供とで、ずっと仲良く寄り添って暮らすんです」

恵まれない子供時代を送ったリュークにとって、それは目が眩《くら》むほどに眩しい幸福の象徴なのだろう。

彼の夢を叶えられるのは自分だけ――そう思うと胸が詰まり、サリエは頷いた。

「うん、私もそうしたい……リュークの赤ちゃん、産みた……ぁああんっ！」

歓喜と興奮にリュークの目の色が変わって、抽挿がより激しくなった。

ぶちゅぶちゅと暴れる剛直から打ち込まれる、過ぎた快楽。必死に受け止めようとしても、次の瞬間にはそれ以上の快感が襲ってくる。

リュークの腰に両脚を絡めたサリエは、我を忘れて全身で彼をねだった。

「リューク……リューク、好き……ああっ、もっと、ぎゅってしてぇ……！」

「俺も好きです、愛しています……俺の、サリエ……俺だけの……っ」

リュークの声から少しずつ余裕が剝がれ落ちていく。

彼の洩らす吐息に雄らしさを感じて、鼓動がとくとくと逸《はや》った。

「そろそろ、出してもいいですか……？」

許しを請うように尋ねられることは珍しく、サリエはうっとりと微笑んだ。

「いいわ、来て……奥で――……っぁぁあ！」

リュークの腰の動きがこれでもかと速まり、射精が近いことを予感した。

青筋を立てた男根が、結合部から蜜をまき散らして膣内を放埒《ほうらつ》に捏ねくり回す。

獣のような呼吸と、熟した蜜壺に肉棒が出入りする湿っぽい音。

すべての刺激が興奮に繋がり、サリエを快楽の坩堝《るつぼ》へと追いやった。

「――っ、いく……出る……っ！」

ひときわ質量を増した陰茎が、子宮口をぐぐっと圧迫した。

浮かびながら落ちていくような快楽は、それからすぐにやってきた。

「っ、ひぐっ……あぁぁっ、いくぅっ……――！」

膣奥を撃ち抜くほどの、熱い奔流。

大量の射精を遂げる陰茎に、蜜襞がぎゅうぎゅうと纏わりついて一滴残らず絞り取ろうとする。

貪欲なその動きに誘われるように、リュークはサリエの唇に食らいついた。

「……んんっ……ぅ、う――……！」

息も逃《のが》せないまま、サリエは絶頂に至る嬌声を喉の奥で弾けさせた。

ひとつになったまま唇を奪われ、愛しい人の温度を全身で感じられることが、この上もなく幸せだった。

エピローグ

——四年後。

晴れた空の下、スラムの広場には大きな天幕が張られていた。

日差しを遮る仮ごしらえの屋根の下には、折り畳み式の椅子や寝台が並べられ、大勢の「患者」が治療を受けるための列をなしている。

週に一度、決まってこの場で開かれる臨時の施療院だ。

「五日くらい前だったかな。足の上に角材が倒れてきてよう！　すんげぇ痛かったけど、ほっときゃ治るかと思ってたら、どんどん腫れてくるわ歩けなくなるわで。このままじゃ大工商売もあがったりだ。早いとこなんとかしてくれよ！」

「それは大変でしたね」

患者の話に耳を傾けているのは、体を締めつけないゆったりとしたドレス姿の少女——サリエだ。

とっくに二十歳も超えたことを思えば、少女とは呼ぶのは憚《はばか》られるのかもしれないが、あどけなさの目立つ顔立ちは、まだまだ十代といっても通るほどだ。

男の足元に膝をついたサリエが、患部である足の甲に触れる。

「ああ……これは、骨にひびが入っていると思います。お気の毒に、痛くて眠れなかったんじゃないですか？」

「ひびぃ？　骨までイっちまってたのか!?」

「安心してください、すぐに治します。呼吸は楽にしていてくださいね」

サリエの手から金色の光が溢れ出すと、男の表情が変わった。

みるみるうちに痛みが引いた安堵と、生まれて初めて魔力の恩恵を受けた感動に。

「すげぇ、あっという間に治っちまった！　噂には聞いてたけど、大したもんだな、聖女の姉ちゃん！」

「どうぞ、サリエと呼んでください」

サリエは訂正し、悪戯っぽく笑った。

「今の私は、正確には神殿に所属しているわけではないので。あえて言うなら野良聖女ってことになっちゃいますけど、名前だけのほうが呼びやすいでしょう？」

「ははっ、そりゃそうだ！　それにしても、ほんとにタダでいいのかい？」

「はい。その代わりに、困っている人がいたらできる範囲で助けてあげてくれませんか？

人と人の間でやりとりされるのはお金だけじゃなくて、優しさとか親切でもいいと思うんです」

「そういう説教臭いところは、さすが元聖女様だな。や、いいこと言ってるとは思うよ。近所の婆さんに屋根の修繕を頼まれてたけど、一人暮らしで懐も厳しそうだし、ちょっと負けといてやるよ」

「ありがとうございます」

「サリエちゃんが礼を言うこっちゃないだろ。なぁなぁ、また会えるかい？　サリエちゃんに触ってもらって楽になるなら、俺ぁ毎週怪我したっていいんだけどなぁ」

でれでれとやにさがる男に、リュークはこめかみが引き攣るのを感じた。

ずっと黙って見ていたが、そろそろ限界だ。

「お帰りはあちらです」

肩を摑んで引き剝がすと、図々しくもサリエの手を握ろうとしていた男は、背後を振り仰いでぎょっとした。

「な、なんでぇ、怖い顔の兄ちゃんだな！」

リュークはむっつりと黙って男を睨んだ。悪い虫を追い払うどころか、潰す気でいるのだから当然だ。

「すみません、私の夫です。怖い顔なのは地なんです」

「夫……はぁあ、なるほど。嫉妬深い旦那を持って、サリエちゃんも大変だな」

「本当ですよ。もう慣れましたけど。よかったら、あちらでお食事をされていきませんか？」

サリエが示したのは、隣に建つもうひとつの天幕だった。

そこにも行列ができていて、エプロンをつけた女性たちが、大鍋からよそったスープとパンを配っている。

神殿を離れたのちも、人の役に立ちたいというサリエの考えに理解を示し、協力を申し出てくれた市井の人々だ。

「怪我や病気をしていなくても、食事だけしにきてくださってても大丈夫ですから」

「そりゃ助かるな。美味《うま》そうな匂いだ、ありがとよ」

立ち去る男を見送ったサリエは、腰に手を当ててリュークを見上げた。

「リュークったら。いちいち庇ってもらわなくても、あれくらい私でもかわせるのに」

確かにサリエは見た目よりはたくましいし、この四年間でずいぶん世慣れた。

聖女という肩書きを失っても困った人々を救うことはできるはずだと、こうして自らスラムに出向き、嫌な目や危ない目に遭っても負けずに活動を続けてきた。

最初はサリエを馬鹿にし、施しなぞ受けないと唾を吐いていた住人たちも、今では態度を軟化させ、気軽に声をかけてくれる。サリエに妙な絡み方をする者がいれば、助けに入ってくれるくらいの信頼関係は築けているのだ。

「それでも心配なものは心配なんです。だって、今のあなたは——」

「平気だったら。さぁ、次の方どうぞ」

サリエが新たな患者の治療を始めたので、手持ち無沙汰になったリュークは、仕方なくその場を離れた。

炊き出しの手伝いでもしようかと隣の天幕に足を向けると、誰かに上着の裾をくいっと引っ張られた。

「こしゃくさま」

くりくりした緑の瞳で見上げてくるのは、空の椀を抱えた女の子だった。耳の下でふたつに結わえた髪は、特徴的な赤毛だ。

「スープ、すごくおいしかったの。おかわりしていい？　こしゃくさま」

「ああ、ごめん、リューク！　この子ったら食いしん坊で」

気づいた母親が駆けてきて、女の子を抱き上げた。

娘を「めっ」と叱る彼女に、リュークは言った。

「いいよ。よく食べる子はよく育つ。——ミレイアも元気そうだな」

「うん、おかげさまでね」

屈託なく笑うミレイアは、四年前よりずっと雰囲気が柔らかくなった。

テオドールという上客を得て荒稼ぎした彼女は、蓄えもできたことだしと、体を売る仕事からはすっぱりと足を洗った。

これからはまっとうに暮らそうと思っていたところ、以前からミレイアに心酔していた年下の郵便配達夫に『どうか一緒になってください』と泣き落とされ、子供ができたのを機に結婚したのだ。

久しぶりに再会したとき、赤ん坊を背負ったミレイアは、どこにでもいる優しい母親の顔をしていた。

『聖女様にベタ惚れなリュークの姿を見せつけられたら、長年の片想いが馬鹿馬鹿しくなっちゃった。きっぱり振られた気持ちになれたから、いい加減次に進もうって思えたの。だからもう、聖女様のことも恨んでないよ。結婚できてよかったね。幸せにしてあげなよね』

笑いながら肘で脇腹を小突かれて、リュークのほうこそミレイアに感謝したかった。

あの日、偶然出会ったミレイアにサリエの居場所を教えてもらわなければ、自分たちはせっかくの【二周目】を、すれ違ったまま終わらせるところだった。

彼女のことを幼馴染み以上に思えなかった後ろめたさを、わざわざ言葉にして払拭してくれたミレイアは、やはり大切な友人だ。

だから今でも、顔を合わせればこうして普通にやりとりできる。

「ママぁ、スープ！　スープ、もっと！」

もうすぐ三歳になるというミレイアの娘が、身をよじってぐずった。

リュークに向かって、ミレイアは「もうやだ」と恥ずかしそうに言った。

「ご飯はちゃんと食べさせてるのよ？　でも、ここの炊き出しが毎回すごく楽しみみたい。オルスレイ侯爵家のシェフが作ってくれる、特製スープだもんね」

「うん、すっごくおいしいの！　パンもふかふかだし、バターのにおいがふわぁってするし、パパにも食べさせてあげたいからもらってかえっていい？」

無邪気におねだりする彼女の頭に、リュークはぽんと手を置いた。

「パンもスープも好きなだけおかわりしておいで。君がすごく喜んでたって、うちの料理人にも伝えておくから」

「わぁい、ありがと、こしゃくさま！」

炊き出しの列に並び直す母子に手を振り、リュークはふっと真顔になった。

（侯爵様……――か）

爵位を継いで四年になるのだから、そろそろ慣れてもよさそうなものだが、そう呼ばれるたびに違和感を覚えずにはいられない。

（いや……違和感というよりは、嫌悪感か）

リュークにとって、オルスレイの名はいい感情を抱かせるものでは決してなかった。

先代の侯爵だった父親にも、その地位を譲られるはずだった兄にも、一度として家族らしい愛情を向けられた記憶はない。

卑しい女の腹から生まれた野良犬の子だと鞭打たれ、神殿騎士になれなければ、あの屋敷で一生飼い殺しにされていただろう。

そんな自分がオルスレイ侯爵と呼ばれるようになったのは、まったくの偶然だ。

サリエとの結婚が決まった直後、オルスレイ家から呼び出しがかかった。父と兄が原因不明の病に倒れ、義理の母が取り乱していると。

リュークが戻ると、二人はそれぞれに血を吐き、高熱にうかされ、胸を掻き毟って苦しんでいた。もはやまともな会話も不可能で、何故こんなことになったのかと、虚ろな目で世界を呪っていた。

手を尽くしても回復の兆しは見られず、彼らはそのまま療養生活に入った。

少しでもよい環境をという義母の願いにより、空気の澄んだ田舎《いなか》に移され、家族三人で隠遁《いんとん》めいた日々を送っている。

そうなると、オルスレイの家督を継げる男子は、血筋的にはリュークだけだった。

思いがけず爵位を継いだリュークと、その妻となったサリエは、今ではあの広大な屋敷に暮らしている。昔の苦い記憶を塗り替えるべく、使用人の大半を雇い直し、義母の趣味による調度品も入れ替えた。

オルスレイ家は豊かで、それだけのことをしても充分に余裕があった。だからこそ、週に一度のこうした無料奉仕もできるのだ。

昔は黴の生えたパンを齧っていた子供が、今は侯爵様。

つくづく数奇な運命だと人には言われる――そう、表向きは数奇な偶然によるものだということになっている。

(誰も知らない。四年前、俺があの二人の髪をひそかに手に入れていたことを)

あれは、サリエが太子宮から実家に戻って間もない頃。

カナリーが死に瀕していると聞いたサリエは、自分の力を使って治したいと言い出した。殺されかけたばかりだというのに、お人好しも極まれりだ。

だが、リュークにはわかっていた。

癒しの力を使いこなせず、リュークの母を助けられなかった経験が、サリエの心には消えない傷となって残っている。

手の届く範囲で苦しんでいる人間を見捨てることが、彼女には耐え難いのだ。たとえそれが、身勝手な動機で自分を陥れようとした相手であっても。

だからリュークは、サリエの気のすむようにさせることにした。

妙な真似をしないように釘を刺すという口実で、ひと足先に独房のカナリーと二人きりになった。

『今から、サリエがお前の病を癒す』

土気色の顔で横たわるカナリーに、リュークは告げた。

家族に恵まれなかったという点では、自分と彼女は似た者同士だ。

それでもサリエの命を脅《おびや》かした以上、一切の同情はできなかった。本来なら、太子宮のあの場で斬り捨てたいくらいだったが、彼女ごときを殺してサリエと会えなくなるのは割に合わないから堪えただけだ。

『サリエが女神に祈ると同時に、気づかれないようお前はお前の力を使え』

懐から紙に包んだものを手渡すと、カナリーは中身を見て瞠目した。

『これ、誰の……？』

『誰でもいい。今までやってきたように、この髪の持ち主に病気を転移させるんだ。二人同時にだが、できるな？』

カナリーの口と鼻を覆うように手を伸ばすと、彼女の表情が凍りついた。

もし断れば、病のせいにして今ここで息の根を止められる。

前回と違って人の目はないから、なんとでも言い逃れられる。

自分がサリエにしようとしたことを、そっくりそのまま返されるのだと、言わずとも理解したようだった。

『……できるわ』

カナリーが掌に握りしめて隠した白髪は父のもの。

そして、癖のある黒髪は兄のものだ。

昨日のうちに、荷物を取りに行くという名目で一時帰宅したリュークが、父と兄の部屋から回収してきたものだった。

カナリーの身を蝕んでいるのは、いくつもの病素が複雑に絡まり合った、一筋縄ではいかないものだ。

サリエの能力がいかに優《すぐ》れていても、すべてを祓うことは難しいだろう。力及ばず落胆する彼女を見たくなかったし、無理をして倒れてしまうなど言語道断だ。

そのための犠牲が必要ならば、母と自分を虫けら扱いした彼らが報いを受けるべきだと自然と思えた。

自分が死にたくない一心で、カナリーは上手くやってくれた。

サリエが女神に祈ったタイミングで、自身の能力を発動させ、誰とも知れない二人に病を転移させたのだ。

病素が二分されたので、父も兄もおそらく死ぬことはない。

ただし、あの家で采配を振るえるほどに回復することも決してない。

カナリーはなおも囚われの身で、あの日の真相にサリエはいまだ気づいていない。

そのことにリュークは深い安堵を覚える。

(何も知らなくていい。――罪とも穢れとも無縁のまま、サリエは永遠に俺の女神であっ

てほしい）

子供の頃、リュークは金が欲しかった。

雨漏りのしない屋根と、薪代《まきだい》を気にせずに使える暖炉《だんろ》と、柔らかな寝床が欲しかった。

清潔な服も、食べきれないほどのご馳走も、誰からも馬鹿にされない立派な身分も欲しかった。

スラム育ちの子供のあてどない夢だったが、それはサリエに出会ってから、より明確で具体的な望みになった。

女神に等しい彼女を妻に迎えようとするならば、何ひとつ不自由をさせたくない。

神殿騎士としての蓄えはそこそこにあったが、それでもまだ足りない。サリエが贅沢を好まないことは知っているが、少しでも苦労をかけるなど、自分自身が許せない。

だから、リュークは微塵も躊躇わなかった。

人でなしの父と兄からすべてを乗っ取る手段と、そのための正当な理由があるのだから、何を迷うことがあるだろう。

今やリュークは、欲したもののほとんどを手に入れた。

焦がれに焦がれた愛しい妻も、生涯かかっても使いきれないほどの財産も。

ついでに領地運営の才もあったようで、地代収入にも困らない。リューク自身の愛想は概ね在庫が尽きているが、如才ないサリエのおかげで領民たちとの関係も良好だ。

（そう。望むものは、あとはひとつだけ――……）

過去を回想しているうちに、ずいぶんと時間が経っていたらしい。

「侯爵様、今日もありがとうございます」

「妻の膝の痛みを治してもらって助かりました。それにしても、これでしばらくサリエ様がいらっしゃらないのは、寂しくなりますねぇ」

仲のよさそうな老夫婦がリュークに礼を言いにきた。

「不自由をかけて申し訳ありません」

サリエに「怖い顔」と言われたことを思い出し、リュークはなるべく穏やかに告げた。

「妻が来られない間は、神殿から別の聖女が派遣されることになっています。何かあればこれまでどおり、王立病院でも対応してもらえますので」

リュークの説明に、老夫婦はほっとした顔を見合わせて帰っていった。

院長が入れ替わった王立病院とはこまめな連携をとり、緊急性の高い患者は、たとえ治療費が払えなくとも受け入れてもらう段取りを調えてある。

ここ数年、人が変わったように政《まつりごと》や福祉活動に身を入れているテオドールの根回しがあったから叶ったことだ。

『父上にお願いして、公務を真面目に頑張る代わりに、結婚は先延ばしにしてもらうことにしたんだよ』

カナリーとの婚約破棄ののち、テオドールは苦笑まじりに言っていた。

『女の子と遊ぶのは楽しいけど、こんなぼんくら王子に寄ってくる子は、やっぱり地位やお金目当てなんだっていうのが今回の件でよくわかったから。僕がもうちょっとマシな人間になれたら、女神のお導きで内実ともに素敵な子に出会える気がするんだよね。たとえば、サリエみたいな？』

最後のひと言は余計だが、あの放蕩王子にしてはまともな変化だろう。

実際、世間でのテオドールの評判は徐々に上向いている。

彼主導で大鉈《おおなた》を振るわれた神殿は、あらゆる制度が見直され、個人による寄進ではなく、国からの支援金をもとに運営されるようになった。

従来のやり方では、多額の寄進を行う貴族の利益が優先され、金銭の流れも不透明なため、前の神殿長と同じ轍《てつ》を踏む者が出かねないためだ。

そして聖女たちには、以前とは段違いの自由が許されるようにもなった。

定期的に設けられた休暇日には、好きな格好で街に出てもいいし、家族や友人に会いに行ってもいい。

さらには、神殿に籍を置きながらの結婚や出産も咎められることはなくなった。

人のために働くことと、自身の幸福を追求することは相反するものではないと、サリエがテオドールに率直な意見を述べたからだ。

そのように体制が変わると、驚くことにと言うべきか、当然の帰結と言うべきか、魔力に目覚めたと申告する女性が急激に増えた。

滅私奉公が嫌で能力を秘めていた女たちが、自分なりに世の中の役に立てるならと声をあげてくれるようになったのだ。

その中には癒しの力を持つ者もいて、彼女らの協力を得られたおかげで、サリエもしばらくの間休むことができる。

少なくとも半年か、長くて一年か。

リュークとしてはサリエの体調が心配なので、二年でも三年でも休んでほしいところではあるのだが――。

「おまたせ、リューク」

ようやく最後の患者を帰したサリエが、リュークのもとに駆け寄ってきた。

とたとたと走る彼女が転んでしまいそうで、リュークは慌てて抱き留めた。

「気をつけてください！　まったく、いくつになっても危なっかしいな……」

「ごめんなさい」

首をすくめて謝ったサリエが、自分のお腹を抱える。

まろやかに膨らんだそこに、リュークも手を重ねた。

「本当に無茶はしないでください。あなただけの体ではないんですから」

判で押したような台詞を口にしながら、リュークは気恥ずかしくなった。

大きく弧を描くサリエのお腹には、結婚から四年を経て、ようやく授かった命が宿っていた。

懐妊を告げられたときは、喜びのあまり感情の回路が切れて無表情になった。

本当はその場で叫び出したいほどだったが、サリエや使用人たちを驚かせてはいけないと、わざわざ浴槽にお湯を張り、その中に顔を突っ込んで雄叫びをあげた。

サリエには『喜び方が下手すぎる』と呆れられた。だが今では、おむつ替えや沐浴《もくよく》の練習をしたり、生まれる子の名前を考える姿に、きっと親馬鹿になるだろうと笑われている。

「本当は今日だって、外に出したくなかったんです。人によっては、予定日より早めに産気づくこともあるんでしょう」

「でも、生まれたらしばらく休まなきゃいけないから。今のうちに、なるべくたくさんの患者さんを治してあげたくて」

「あなたのことだから、そう言うと思いました」

サリエの手を引き、リュークは歩き出した。広場の入り口に停まった、オルスレイ家の馬車に向かってだ。

「今日はもう歩かせませんよ。あれに乗って帰ってもらいます」

「ええ？　リュークと散歩しながら帰るつもりだったのに。手を繋いで街を歩くの、デートみたいで好きなんだもの」

「……んんっ……！」

可愛すぎる妻の発言に、リュークはにやける顔を必死で引き締め、咳払いしなければならなかった。

「そんな言葉で懐柔しようとしても駄目です。歩きすぎるとお腹が張って、赤ん坊にもサリエ自身にもよくないと医者から聞きました」

「ほんとに勉強熱心ね。でも、あんまり動かないのもよくないのよ。お産に挑むには、それなりの体力も必要なんだし」

それも一理あるが、もうすぐ日も暮れるし、母体が冷えるのはやはり望ましくない。

サリエを説得すべく、リュークは切り札を出した。

「散歩もいいですが、俺は早く馬車の中で二人きりになりたいんです」

肩を抱いてそう言うと、サリエの頬が赤らんだ。

策に嵌まってくれる彼女が愛しくて、耳元に唇を寄せてさらに囁く。

「人目のない場所で、たくさん頑張ったあなたに労いのキスをさせてください」

「……キスだけで終わるの？」

「自信はありませんが努力します。自分の命よりも大切なあなたと子供のためですから」

妊娠がわかった日以来、万一のことがあってはと、リュークは禁欲の誓いを守っている。

正直なところつらいが、サリエだって赤ん坊のために食べ物や体重管理に気を遣っているのだから、ここが我慢のしどころだ。

そう思って、必死に欲望を押し殺してきたのだが。

「もう……優しすぎてつまんない」

「はい？」

限りなく小声で囁いたサリエに、今なんと？　と訊き返す。

「お互いずっとおあずけなんだし、お医者さんだって『少しくらいなら問題ない』っておっしゃってたし……キス以上のこと、たまにはしてくれたっていいのに」

「え……つまり、それはどこまで……」

「――なんてね！」

冗談めかして笑ったサリエが、弾む足取りで馬車に向かう。

（あの動く密室の中で、俺の理性はどこまでもつんだ……？）

策に嵌めるつもりが、逆に嵌められることになってしまった。

サリエの背中を追いかけながら、うちの妻はなんと魅力的で罪深い女神なのだろう――と、リュークは甘やかな眩暈を覚えた。

あとがき

こんにちは、もしくは初めまして。葉月《はづき》・エロガッパ・エリカです。

このたびは本作をお手に取っていただき、ありがとうございます。

最近は新作を企画するたび、「まだ書いてないモチーフはなんだろう？」と考えるところから始めるのですが、そのうちのひとつが、いわゆるループものでした。

自分なりのループものを書いてみようとチャレンジしたのが、『余命わずかの死に戻り聖女は、騎士の執愛をやめさせたい』です。

死に戻ったとはいえ、ヒロインのサリエは原因不明の難病で余命いくばくもない状態。

一度目の人生では、愛の重すぎる婚約者リュークに後追い心中されてしまった。今度こそ彼を死なせないために、絶対に破局してみせる！　と誓うものの、そう簡単に逃れられるわけもなく……？　というのがお話の主旨になっています。

また、光のヒロインと闇のヒーローというカップルも好きなもののひとつです。

闇といっても、リュークは腹黒系というよりは、希望の見えない状況の中、もがいてもがいて生き抜いた――という、泥沼這いずり系ヒーローですね。
本当なら、サリエと再会できた時点で滅茶苦茶に〇〇したかったと思うんですが、良い子で我慢していた彼。そりゃ二度目の人生では、きっかけさえあれば簡単に暴走するよねーと思いながら、桃色シーンを書いていました。アダルトグッズのお店でせっせとお買い物するサリエの後ろで、彼の心がどれだけ波立っていたかを想像するのも楽しかったです。鳴門《なると》の渦潮のごとく、ぐるんぐるんしてたんじゃないか。

イラストを担当してくださった、のどさわ様。

先述のとおり、今作は「光のヒロインと闇のヒーロー」を意識したのですが、それを見事に体現してくださった表紙イラストを拝見した瞬間の衝撃が忘れられません。

背景は作中にも出てくる東屋《ガゼボ》かと思うのですが、絡みつく蔓薔薇まで美しくて眩しくて、目が潰れそうでした。

挿絵も一枚一枚、舐めるように眺めております。一番のお気に入りは目隠しリュークです。ラフを見た途端に胸がドキドキして（原稿を書いていたときはそんなことなかったのに）、私の性癖はこんなところにも潜んでいたのね、と開眼してしまった……。

このたびはお忙しい中、素晴らしいイラストで拙作に華を添えてくださり、本当にありがとうございました。

お世話になっております担当様。

今作から組ませていただくことになり、緊張しつつプロットを提出したのですが、事前に問題点を洗い出していただき、迷いなく執筆を進めることができました。

その割には進捗が遅れてしまい、ご迷惑をおかけして申し訳ございません……！

これからも心強いパートナーとして頼らせていただくつもりですので（図々しい）、どうぞよろしくお願いいたします。


最後に、ここまでお付き合いくださいました読者様。

先日数えてみたところ、葉月名義で発表した小説はこれで四十作目でした。

締切に追われて夢中で走ってきた結果、こんなにたくさん書いていたのかと驚きましたが、締切が発生するのはご依頼があるからで、ご依頼があるのは読んでくださる皆様がいらっしゃるからです。大いなる感謝の気持ちで、次は五十作目を目指したいと思います。

よろしければ、別の作品でもまたお会いできますように！

二〇二四年　一月　　　　　　葉月　エリカ

Sonya
ソーニャ文庫

この本を読んでのご意見・ご感想をお待ちしております。

◆ あて先 ◆

〒101-0051
東京都千代田区神田神保町2-4-7 久月神田ビル
㈱イースト・プレス　ソーニャ文庫編集部
葉月エリカ先生／のどさわ先生

余命《よめい》わずかの死《し》に戻《もど》り聖女《せいじょ》は、騎士《きし》の執愛《しゅうあい》をやめさせたい

2024年3月5日　第1刷発行

著　　者　葉月《はづき》エリカ
イラスト　のどさわ
編集協力　adStory
装　　丁　imagejack.inc
発 行 人　永田和泉
発 行 所　株式会社イースト・プレス
〒101－0051
東京都千代田区神田神保町2－4－7 久月神田ビル
TEL 03－5213－4700　　FAX 03－5213－4701
印 刷 所　中央精版印刷株式会社

ISBN 978-4-7816-9765-9
定価はカバーに表示してあります。

Sonya ソーニャ文庫の本

『寡黙な夫の溺愛願望』 葉月エリカ

イラスト 芦原モカ

Sonya ソーニャ文庫の本

『淫獄の囚愛』 葉月エリカ

イラスト サマミヤアカザ